原発の迷宮
通り魔

福原加壽子
fukuhara kazuko

言視舎

目次

※本書はフィクションです。実在する人物、団体名とは関係ありません。

一　203×年　霞が関　経済科学省

坂口圭介は、来日が予定されているアメリカ政府高官一行の経済交渉の具体的内容とスケジュールの調整に追われていた。

「おい、坂口。アメリカ政府御一行様の来日に向けたこちらの案件はもう纏めてあるのか？」

パソコンに向かって文書を作成していた坂口は、背後から声を掛けた不意の訪問者に驚いて顔を上げ、振り返って声の主のにこやかな顔を確認すると、ほっとしたように笑みを浮かべ、言葉を返した。

「ああ三田さん。びっくりするじゃないですか。課長に進捗状況を問われたのかと思いましたよ。そうですね、今回は、懸案の戦闘機などの武器購入契約の早期締結が主眼ですから、世間的にはかなりの批判に晒されそうですね。コロナからこっち、景気が悪いのはお互い様なのに、向こうは自国の不景気のツケを全部こっちに払わせようとしている。しかも　型落ち中古品の在庫一掃処分」

三田幸三は、坂口と同じ経済科学省内でエネルギー開発庁原子力利用、核燃料サイクル事業課で仕事をしている。坂口の大学の先輩で、ラグビー部でスクラムを組んだ仲でもあった。学生時代から馬が合って、現在は同じ省内で働いていることから、屈託なく本音を言い合える友人とも言えた。

「おれにまで建前を言うか？　それは訪日交渉の表向きの主題で、本当の目的は、なかなか進まない改憲と、早く自衛隊を軍隊に格上げして、他国と戦争のできる国にしろ、と催促しに来たってことだろう？　日本の自衛隊の優秀さは世界が認めているからな。あちこちでアメさんが起こしてる戦争で、アメリカ国内の景気は少しだけ上向いてるだろうが、これ以上アメリカの国民を戦場に送り出すことには国内からの批判が増えている。笑いが止まらないほど潤っているのは、兵器産業や電子部品製造などの軍需産業とその関連企業、それらコングロマリットを牛耳る資本家たちだけだからな。流れるのは庶民の血。儲かるのは国策企業。要は日本の優秀な軍隊である自衛隊を自国の代理戦争に引っ張り出したいんだろうよ。日本の人的資源をあてこんでいる。それにしても、交渉成立の発表の時期は問題だな」

「国政選挙が近いからってことですか？」

「ああ。特に与党の政治家と特定宗教団体との関係が次から次に明らかになってるだろ。現政権はもうもたないんじゃないかな。これほどあからさまに政治と宗教の問題が噴出するのは、実はその陰で粛々と進められている別の問題から目を逸らすための目くらましなんじゃないかと疑っている国民も少なからずいる。自衛隊を軍隊にし、憲法で保障された国民の基本的人権ってやつを否定する非常事態宣言なんてのを閣議決定しちまう。本当かフェイクなのかわからんようにした情報がネット上では躍ってる。アメリカとの密約とかな。

何はともあれ、衆議院は解散して衆参同時選挙に持っていくようだ。ただし、選挙前に対米貿易大幅譲歩や改憲の目的、あからさまな好戦的姿勢が判明してはまずい。今回の交渉案が漏れれば、与党の議席数はガタ落ちになるだろうな。パソコンを使わない高齢者、政治に無関心な若者を除けば、国民の中間層にはかなり覚醒した部分も認められるからな」

「そうですね。それでなくても、この頃はＳＮＳの浸透で、マスコミ操作では覆いきれない真実の露呈が進んでいますからね。特にカルト集団との一心同体とも言える癒着ぶりは目を覆いたくなるものがある。癒着どころか、根から幹の中心まで引きはがしようがないほどグチャグチャに浸食されている。腐るはずですね。省内でも不満分子はいるでしょう。そりゃあそうですよね、あんな穴だらけの、しかも欲深、性悪な抜け作の尻ぬぐいばかりで、まさかの時には責任を擦《なす》り付けられてお払い箱にされる。ある程度の天下りポストの貰える部長や次官級の職員はまだいいけれど、おれたちみたいなのは、公務員法違反すれすれのところで仕事させられることも多い。刑務所に入れられないようにするだけで精いっぱい、左遷されるほうがまだましってくらいですから、死にたくもなりますよ。悪くすれば消されることだってありうる。三田さんみたいに異例の速さで部長になるような人は違うでしょうけど、俺らぺーぺーは紙一重のところで仕事させられてますからね」

「省内の覚醒剤使用者の噂も聞くな。まあ、そうでもしなけりゃ、やってらんないってこともわかるが。もしかしたら、それだって嵌められたのかもな。省内の机の引き出しに覚せい剤吸引のための炙りの喫煙具一式隠しとくなんて、正気の沙汰じゃないぜ。仕事中に一服ってか？　そんな危ない橋渡る奴がいるか？　いくら最近の若者が馬鹿でもそんなことはしない。たとえ残業がきつくてもさ。なんか、内部告発でも企んでいたのが露見して、覚せい剤常習って濡れ衣着せられて、社会的に抹殺されたなんてことだってあってもおかしくない。そんな前のあるやつが何を言っても、もう世間は耳を貸しちゃくれない。お前は大丈夫だろうな、カミさん結構参ってるって話もきいたぞ」

　坂口の妻もかつては同じく官僚で三田の部下だった。三田に紹介されて付き合い始め、結婚に至った。坂口がそれを望んだわけではなかったが、結婚を機に妻は仕事を辞めていた。過酷な仕事と、汚い政治の裏側に辟易していたのだろう、結婚を退職の好機ととらえてさっさと辞職したのだ。

「ああ、すみません。ご心配おかけしています。あいつも、もとはこのへんに勤めていましたからね。内情がわかるんですよ。僕に危ない橋は渡って欲しくないって」

「そうだよなあ。うちのカミさんみたいに取柄は家柄だけで、エスカレーター式の女子大出、能天気にママ友とランチしてると機嫌がいいって頭空っぽおばはんじゃないもんなあ。おれもたまにはまともな話ができる伴侶が欲しいと思うよ」

「罰があたりますよ。三田さんは、お義父《とう》さんの後ろ盾で、将来局長ポスト間違いなしって下馬評もっぱらですよ」

「まあなあ。おれの娘もカミさんと同じで、どっかの秀才庶民の有望株見つけて婿にして、うちのカミさんのコピーのいっちょ上がり～ってところだろうな。カミさんに似て頭悪いし、それしか生きる道もないしな」

「言いつけますよ」

冗談で坂口が言うと
「やめてくれよ」

と三田も笑いながら返す。

「じゃあ、口留め料代わりに今夜驕りで一杯」

「そうだな、たまに憂さをはらすか。次から次に首相案件騒動で、もうくたくただよ。と言っても仕事は10時頃まで終わんないな」

「その後で結構ですよ、こちらももう少し仕事があります」

「どこが働き方改革だよな、まったく。これじゃ、残業代の出ないただ働きが増えただけじゃねえか。じゃ、後でまたな」

三田は部屋の出口に向かいながら肩越しに手を振り、部屋を出て行った。

坂口と三田は午後10時過ぎに経済科学省のエントランスで待ち合わせ、一緒に退庁すると東京メトロの乗り場へ向かい、中目黒行の日比谷線に乗った。2駅目の六本木で降りると、大江戸線への乗り換えに長い地下通路を歩いて地中深くエスカレーターを降りるよりも、と地上に出た。東洋英和女学院横の坂道をそぞろ歩きながら下り、やがて麻布十番に出ると、通りから1本小路を入ったところにあるしゃれた欧風居酒屋に入った。

ほんとうは赤坂にある松坂牛のステーキ店で食欲を満足させたかったが、夜も10時を回った時間帯では無理な話だった。次善の策としてワインの品揃えの豊富な、深夜まで営業している、イタリアンともフレンチともつかない創作料理のビストロで、食事がてら一杯やることにした。

ここは役所からの交通の便もよく、場所柄を考えるとリーズナブルな値段でそこそこの料理を堪能できる穴場的な店で、壁に沿ったテーブル席が3席、カウンター席が6席ほどのこぢんまりした居心地のいい店だった。カウンター席に座れば1人でも気兼ねなく食事ができ、シェフと会話もできた。以前に一度三田に連れてこられてから、立て込んだ仕事が一段落してリフレッシュしたいときなど、坂口も1人でよく訪れるようになっていた。かつてのコロナで営業自粛に追い込まれ、閉店した店が多い中この店は、制限のとれた今まで何とか生き延びた。


「あ、いらっしゃい」

店に入ると、馴染みになっていたオーナーシェフが笑顔で迎えてくれた。ニンニクとトマト、オリーブオイル、チーズの香りに混じって、濃厚な生クリームのソースの匂いも漂っている。急に腹の虫が鳴った。

「シェフ、今日のお勧めは？」

カウンターのスツールに腰掛けながら、三田が尋ねる。

「オマールエビ、いいのが入ってますよ」

「じゃ、それで」

「あ、おれも」

坂口も慌てて続ける。

「それと、ワインは……、坂口もワインでいいか？」

三田が坂口のほうを振り返って尋ねる。

「はい」

「シェフ、この前呑んだワイン、サリーチェ・サレンティーノ・リゼルヴァ。あれ、美味しかった。今日もある？」

三田が問う。

「あるよ」

30年以上も前に流行ったテレビドラマのセリフをまねて答えてから、シェフがいたずらっぽく笑った。三田の注文したワインは、手ごろな値段にしては味わい深い、とても香りのいいイタリア、プーリア州のワインだ。黒すぐりを思わせる濃い赤と、華やかな香りに、ドライフルーツやバニラの風味を感じる。肉料理やチーズに合わせるべき、と言われるかもしれないが、三田は、旨いワインは基本的に料理を選ばない、と思っている。要は呑みたい者が呑みたいものを呑めばいいのだ。というのが三田の持論だ。

坂口と三田は、運ばれてきたワインで乾杯し、料理が出てくるまでの間、テーブルにしつらえられたグリッシーニをつまみに、しばらくはワインを堪能した。

「アメリカ御一行様のお守の目途はついたのか？」

「ぼちぼちです。大筋については、昨年から水面下で進んでいる実務者会議で大方合意していますから、あとは詳細を詰めるだけです」

「うむ。そこが難しいんだよなあ。票や政治献金の絡みで経団連の機嫌を損ねるわけにはいかないからなあ。さりとてアメさんはもっと怖いし。経団連とか、全農とか、国内の圧力団体をどうやって宥《なだ》められるか。現政権もいよいよ崖っ淵、ってところかな」

「でも、現政権はしぶといですよ。こんな穴だらけの政権なのに、まだまだ支持層は岩盤と表現されるほどですから。まあ、尻尾振っとけば旨い汁が吸えるという既得権益にしがみついてる奴らがその岩盤の正体ですけどね。それはそうと、再処理施設のほうはどうなっていますか？　三田さんのところ、結構大変なんでしょ？」

「ああ、あれなあ。勘弁してほしいよ。事業的にはとっくに破綻してるし、施設だって着工してウン十年だぜ。老朽化してる。田舎の4次、5次の下請けのやる仕事だから不手際が多くってさ。大きな声じゃ言えないけど、配管の口径が合わないとか、管の尺が足りなくて溶接で継ぎ足ししたりとか、扱うものが超危険で、わずかの施工ミスも許されないなんて意識はないんだ。少しくらい手抜きでも帳尻があって利益率がよければそれでいいって腹が見え見えでさ。まあ、本当の危険についてきちんと教えてたら誰も工事なんか請け負ってくれないってのもあるしな。着工当時の外国の技術者なんて、こんな怖いとこいられるかって、とっくに匙投げて逃げ出してるんさ」

三田が本音を漏らすときには、本人は気づいていないようだが、かすかに出身地である北海道の訛りが顔を出すときがある。元々北海道は標準語を話すところだが、それでも微かに訛りがある。東京育ちの坂口には、その訛りが人間味のあるどこか懐かしい言い回しに感じられて好きだった。

「どうすんですかね。『もんじゅ』だって、とうとう計画中止になっちゃったでしょ。再処理したって核兵器の弾頭くらいにしか使い道のない、これまでの廃棄物どころじゃない数万倍危険なウランやプルトニウムを取り出したって、保管場所もなく使い道もなく溢れちゃうだけだってのに、まだやるんですかね」

「おいおい、もう酒が回ったか。そんなこと当該部署にいるおれに言うなよ。酒が不味くなるだろ。『もんじゅ』を中止にしたって、冷却に固体のナトリウムを使って、しかも漏れちゃってるんだ。施設の始末だってどうしていいかわかんない。

固体のナトリウム、いくら文系のお前でもT大入るくらいだから、どんだけ怖いか知ってるよな。ほんの耳掻き一杯位の量だって、空気に触れたら爆発的に燃焼すんだぜ。そんなこんなで再処理なんて破綻してる技術だし、進むも地獄、戻るも地獄って、八方塞がりになっちまってるんさ」

「すみません。そうですよね。三田さんのほうが立場辛いですよね。……毎日仕事してても、なんか、馬鹿らしくって」

「まあ、そういうな。いつかいい時もくるっしょ」

「ですかね」

「ああ。そうだ。ただ、ちょっと、いや、かなり先の話だがな。そう思いたいぜ」

やがてアボカドのムースをベースにしたドレッシングのかかったサラダと、少量のアーリオ・オーリオ・パスタを添えた、オマールエビのグリルアメリケーヌソース添えが運ばれてきて、少しの間食事に専念した。本当に美味しいものを食べている時には、人は無口になる。

「今日も美味しかったですね。空腹が最良のソースだとすると、出来立てアツアツでサーブされるってのが二番目のソースですね」

「そうだな。その両方のソースが上乗せされてたってことだから、しかも、旨いワインつき。不味いわけがない。少し元気が出たな。まあ、明日からまた頑張ろうや」

三田が坂口の背中を軽く叩いた。2人は今度は麻布十番の地下鉄の駅へ降り、南北線と大江戸線、それぞれに別れて帰路についた。

二　アジア電力本社役員会議室

アジア電力は、その管理する原子力発電所に溜まった使用済み核燃料を、A県にある再処理施設へ早期に受け入れさせることを画策していた。核廃棄物は増え続ける一方で、現在でも最終処分地の目途すら立っていない。A県には再処理施設に隣接して、核廃棄物「中間」貯蔵施設がある。「中間」というのは名ばかりの、実質的には「最終」貯蔵施設に、一日も早く核廃棄物を移転させたいと考えている。その計画をスムーズに運ぶため、A市にはすでにアジア電力の事業所が開設されている。

もともとこの地方はアジア電力とは縁も縁《ゆかり》もない。アジア電力で発電された電気はもちろん地元で消費される。大変な惨事となった東電の福島での原子力発電も、生み出された電気は、福島ではただの1mWも使われることなく首都圏へと送電されていた。他地域のための発電で生じたゴミの処理だけを、なんの恩恵も受けていない地へ持ち込もうというのだ。

アジア電力の役員の中にも、そのことに疑問を感じ、反対する人間が1人だけいた。

飯盛稲造。アジア電力取締役。

彼は役員会において、住民理解の必要性、核廃棄物処理計画の不備についてたびたび主張してきた。が、誰一人、彼の意見に賛同する者はいなかった。

「飯盛君。君の言うことは個人としては正論だ。だが、企業としてみれば、そして電力を担う公益的企業としてみれば、〝住民の納得〟などと、そんな悠長なことを言っている場合ではないのだ。

三・一一以前であれば、ほとんど何も知らされていない住民達は、政府主導の事業であり、高額の地代や保証金も提示されるということになれば、訳もわからず原子力関連施設誘致を承諾した。

だが、三・一一以降、多くの国民が核の危うさに気がついてしまった。溢れる使用済み核燃料の保管、処理について、核廃棄物貯蔵施設のための新たな用地取得は不可能に近い。核廃棄物の問題の解決には既存の施設を使うか、既存の土地に新たな施設を建設することしかあるまい」

「ですが、専務。これは、無関係な他人の屋敷にゴミを押し付けるようなものです。もし、自分が逆の立場だったら、到底容認できるものではない」

「飯森君。これは国策なのだよ。たとえ住民に反対の機運が持ち上がろうが、知ったこっちゃない。いざとなれば官憲が住民運動の一つや二つ、力で制圧してくれる。今までもそうだったし、沖縄の基地やヘリパッドの建設の現状を見ればわかるだろう。所詮国家権力にはかなわないのだよ。いいかね、これは国策事業なんだ」

専務取締役の言葉に抗えるものなど誰もいない。役員会に出席している幹部たちは、無言で、ある者は専務に向け愛想笑いを浮かべながら大きく肯首し、ほんの1、2名は俯いて無念の表情を隠していた。

役員会の2日後、飯森稲造は会社で見知らぬ男とすれ違った。すれ違いざま男は稲造にのみ聞える声で囁いた。

「問題のある甥御さん、いますよね。発言は控えたほうがいい。居場所がなくなりますよ」

男は振り返りもせず、挨拶のつもりか、稲造に手の甲が見えるように肩越しに左手を挙げ、すぐに下げると去って行った。

（問題のある甥っ子？　ああ、隆一のことか。確かにな。でも、それがどうしたってんだ。頭がよく、穏やかだった隆一。それが今は、外に出ることをやめた。出られなくなったんだ。それ相応の辛い思いをしてきたのだろう。そんな子のことを脅しのネタにするなど、許しがたいことだ）

稲造は何とも腹立たしい思いを抱えたまま自室に戻った。

＊

Ａ県にある核燃料再処理施設は、旭原燃サービスという会社が中核をなしている。使用済み核燃料を処理して再利用可能なウランやプルトニウムを取り出すとともに、その際に生み出される死の灰と呼ばれる超高レベル核廃棄物をガラス固化体としてキャスクと呼ばれる金属容器に封入するための施設である。そしてその作業は実験段階でことごとく失敗を繰り返している。

ガラス固化体とは、高濃度核廃棄物とガラスを高温で混ぜ合わせたもので、長期保管用のキャスクといわれるステンレス製容器に保管するのだが、そもそもそのガラス固化試験がまったくうまくいかない。

加えて施設も建設開始から数十年を経て、施設の老朽化や、施設内を縦横に走るさまざまなパイプ類の溶接の不具合、口径の不一致による液漏れなど、杜撰な工事状況も度々露呈している。さらに日本は地震が多い。そんな施設で使用済み核燃料の再処理など、地獄の釜の蓋を開けるに等しい。

そんなことを知ってか知らずか、近隣市町村の首長たちは、どれだけ鼻薬を嗅がされているのか、単に無知なだけなのか、「雇用推進だ、地域活性化だ」とお題目を唱えて旗振り役を務める。

厳しい自然環境のため、元々あまり豊かではなかった住民は、放射能の危険性や今後長期にわたる事業計画について本当のことを知らされないまま、目の前に積まれた札束と交換に、父祖伝来の田畑や豊かな海の漁業権を手放し、生活の糧を失った。

もちろん、施設誘致に最後まで反対し、抵抗運動を行なった住民も多かったが、村々を二分する選挙のたびに、潤沢な選挙資金のある、政府の原子力政策に都合の良い候補者のみが首長や議員に当選し、選挙期間中は反対を唱えていた候補者も、選挙が終わってみれば、どういうわけか、皆賛成に鞍替えしてしまう。

その結果、反対運動をしたものは村八分のような状態になった。村を二分するような対立と、国策の名のもとに行なわれる事業には強制的な退去も含め、抗いきれるものではなかった。

生活の糧を失った住民たちは、再処理施設や原発の建設現場で働き、完成した施設に働き口を求めるしかなく、結果として首長や政府が推進する施設誘致と早期の施設稼働を望む声を上げるしかなくなる。

賛成派だった者も結局土地や漁業権を、庶民にとっては大金の、政府、ゼネコンにとっては端金《はしたがね》でしかない一時金で取り上げられた。一家離散したり、やむなく原燃関連施設で働くしかなくなる者も多かった。

かくして、危険極まりない、どこへも行き場のない事業や施設は、日本で貧しさの一、二を争う地域に誘致されることになる。

役場の人間は高価な腕時計をし、田舎には不釣り合いな豪奢な市庁舎や、ほとんど使い道のないコンサートホールのような立派な箱ものが建てられた。その結果、工事でゼネコンは儲かったが、その後の維持費は各自治体の大きな負担となっている。

数十年前、核関連施設の誘致が政府主導で行なわれた時、市民運動家は、海や土地の汚染、自然破壊、住民にもたらされるであろう健康被害について熱心に説き、住民とともに勉強会を開いたり、デモなどによる抗議行動や反対運動を行なった。それでも国家権力の力は強く、反対運動はことごとく排除され、とうとう施設は外観的にはほぼ完成に至った。

ただし、機能はまだまだ不完全なままだ。稼働の目途すら立っていない。周辺の海や土壌、大気の放射能汚染の危険が増しただけで、実際、実験段階の操業でさえ、放射能の海や環境への漏出が起こっている。それは公になることはない。当局が言うことは常に同じ。「環境に対する影響はありません」、だ。

利権にぶら下がった田舎の議員や有力者は、核施設の負の面には一切目を向けず、ただ金のために父祖伝来の土地を手放し、自然を汚し、生き物を生命存続の脅威に晒す施設を望んでいるとしか思えない。だから、中央から狙われるのだ。

三・一一程の大惨事があれば、もっと危機感が生まれてもよさそうなものだが、20年も経つというのに国民の意識はまったく変わっていない。

＊

飯森稲造は役員室の机に座り、核廃棄物処理計画書に目を通しているが、この計画はA県に対してどうも理不尽だ、という気がして仕方がない。さらに言うなら、計画そのものも穴だらけだ。

原子力発電の結果生じる核廃棄物が蓄積していくのは当たり前のことで、最初からわかっていたことだ。そして現在、その処理は一刻の猶予もない、という現実も痛いほどよく理解している。原発とはトイレのないマンションみたいなものだとよく言われるが、どれほどの国民がそのことを理解しているのだろうか。そんなものを誰が作るか、という話なのだが……。

それにしてもだ、と稲造は考える。核廃棄物処理に関する技術に何一つ確固としたものがないではないか。核のゴミの処理方法を確立しないまま見切り発車で原子力による発電を始めてしまった電力会社、電力行政に根本的な問題がある。国策で始められた原子力発電なるものには、アメリカの思惑が大きく働いている。言葉をかえれば、アメリカの指示だということは想像に難くない。

発電のためのタービンを蒸気で回すという、そんな湯沸かしのためだけに、効率の悪い、しかも人間の手に負えない放射性物質をなんで使うのか、そもそもが無茶苦茶だったのだ。そんな、子どもでもわかるような愚を敢えて犯したのは、発電における核利用に発電以外の目的があったとしか考えられない。

核弾頭に使用されるウラン、プルトニウムの供給源としての原子力発電。どうせアメリカには逆らえない、ならば、勝ち馬に乗って金儲けをしようと考えた政治家と電力会社、巨大プロジェクトにおける施設建設を請け負うゼネコン始め、多くの財界人たち。

殊に、戦争で工場も破壊され、従業員も多くは戦死して大打撃を受け、経営破綻も視野に入っていた、電気製品、戦車などの製造をする軍需メーカーであった岩星産業にとっては、起死回生の最後の手段だっただろう。原子力の何たるかも、原子炉の何たるかも、まったくわからない素人集団が原子炉製造、運営（といってもアメリカが建設し、軌道に乗るまでは手取り足取り実際の運用を行なった）に手を挙げた。

それらが原子力ムラと言われるものの正体だ。

敗戦後、国土の荒廃した日本で、ダメ押しとなった原水爆に対する印象がすこぶる悪いのは当たり前だった。敗戦国日本に進駐し、日本の若い女性を腕にぶら下げるようにして闊歩する米兵、ひいては、アメリカという国自体に対し良い印象を持てというほうが無理なはずだった。多くの日本人の父親や夫や兄弟が戦地でアメリカに殺されたのだから。なのに、そうはならなかった。

それでも、決して許されない恨みとして揺るがなかったのは広島、長崎への原爆投下だ。核爆弾に対する嫌悪だけは消し去ることはできない。そこで一役かったのが、しらじらしいスローガン「原子力の平和利用」だった。

原子力発電は決して核の平和利用などではない、核兵器の原料供給を目的とした発電に名を借りたウラン、プルトニウム製造プラントなのだ。
日本の政治はまやかしばかりだ。戦後、敗戦国である日本は日米安全保障条約や日米地位協定によって、アメリカに対する追随、あるいは追従政策を貫いてきた。その結果、国内に54基もの原発を抱え、自衛隊には敵基地攻撃能力を与える法案を通し、戦後90年も続いた平和が危うい時代となってしまった。

稲造は、原発を推進する電力会社に奉職しながら、心情的に、また、倫理的、論理的考察において原発に反対であるという、自己の抱える矛盾に辟易しながら無力感に苛まれ、暗澹たる気持ちになるのだった。
アジア電力の、A県における使用済み核燃料の貯蔵と再処理に参画するという取締役会議の決定に異を唱え続けた稲造は、その後取締役を解任された。そして、アジア電力東京支社の資料情報室長への転勤を命じられた。

（ま、いいさ。これでちょくちょく美奈子や隆一のようすを見に行ける）

稲造は3年前に胃癌で妻を亡くしている。仕事にかまけて、あまり一緒にいてやれなかった。そのせいで妻の体調の変化に気づかなかった。妻は不平も言わずに家事と子育てに追われ、自分のことは後回し。病院を訪れた時にはすでに病気は進行し、肝転移、全身のリンパ節転移を伴っていた。全身に転移を認める進行癌にあっては、手術には意味がなく、かえって体力を奪う、とのことで化学療法を選択した。約3カ月、抗癌剤の副作用に苦しみながら、それでも一時帰宅が許された時期もあったが、命の疲弊が著しく、治療を受けてから半年を待たずに他界した。2人の娘はすでに社会に出ており、そういうわけで、稲造の東京支社転勤を阻むものは何もなかった。

稲造の妹美奈子の夫藤堂隆彦は、ゼネコン大手、間縞組の幹部社員で東京在住だった。引き籠りになった息子隆一と3人暮らしの一家については稲造も心を傷めていたから、気軽に妹の自宅を訪問できる東京転勤は、稲造にとってむしろ渡りに舟だったかもしれない。

三　藤堂隆一

藤堂隆一の父隆彦も、伯父である稲造も、国策として行なわれる政府関連の事業を手掛ける大企業の企業戦士であった。

隆一は彼らに反発しながらも、政府寄りの企業に勤める身内の保守的かつ利己的な姿勢の影響を強く受けていたが、ぬるま湯のような恵まれた環境に育った者の常として、強靭な精神力を持つには至らず、父親に言われるまま、父の出身校であるT大を2回受験したが、合格できずにいた。

父隆彦は、T大に合格できない隆一に落胆し、あからさまに嫌悪の情すら示すようになっていった。母親の美奈子に対し、たびたび美奈子の血を引くから出来が悪いんだとなじるようになった。隆彦が美奈子に向けて発する隆一に対する罵詈雑言を繰り返し聞かされるうちに、隆一は、自分がどうしようもなく矮小で、無能な、生きている価値もない人間だと思い込むようになっていった。

隆一はしだいに自信を喪失し、予備校にも行かなくなり、自室に籠るようになっていった。

そんな中、厄介払いをしたい気持ちもあったのだろう、隆彦はアメリカの新学期である9月を目途に、隆一に語学留学を勧めた。

引き籠りかけていた隆一には、単身のアメリカ留学は大いに不安ではあったが、毎日のように繰り返される両親の諍《いさか》いから逃げ出したいという思いも強く、新天地での生活にかけてみることにした。

留学に必要な書類をそろえ、手続きを済ませると、1人でアメリカへと旅立って行った。

アメリカでの隆一の生活も半年ほど過ぎた頃、隆一は現地で知り合った日本人に誘われて、近隣の若者の溜まり場になっているプールバーに出かけた。

ビールを1、2本飲みながら、はじめはビリヤードを楽しんでいたのだが、夜が更けてくると、ガラの悪い男たちも増え、そろそろ帰ろうとした時、現地の若い女2人が隆一たちのほうへ近づいてきた。

誘うような態度に戸惑っていた隆一だったが、一緒にきた友人を見ると、すでにピンク色の髪をした若い女といちゃついている。知り合いだったのだろうか。

酔いも手伝って隆一が女の相手をしていると、女は、それまで自分が吸っていた紙巻のタバコを、隆一の唇に当てがった。

甘い匂いがした。嗅いだことのないタバコの匂いだった。女は深く吸い込めという。数回吸っているうちに、隆一は眩暈のような感覚を味わった。

それが何だったかを察した時には、もうだいぶ薬効が回っていた。けっして気分がいいわけではない。暗い沼の底に沈んでいくような感覚。女に誘《いざな》われるまま、隆一は女のなすがままになっていた。

翌日、プールバーの奥にある物置のような部屋で目が覚めた。友人の姿はなく、昨夜店内で見かけたような、ガラの悪そうな男たちが数人、隆一をみてにやにやしていた。

急いで店を出ると、家に帰り、シャワーを浴びて学校へ行った。学校で昨日の友人を見つけ、傍に行くと、友人は意味深な表情で、

「どうだった?　また行くか?」

と問いかけてきた。

隆一は首を振った。友人は下卑た笑みを浮かべて、

「また行きたくなるさ」と言うと、他の級友のほうへ行ってしまった。

一晩おくと隆一は渇望にも似た焦燥感を味わった。「また行きたくなるさ」と言った友人のことばが思い出される。

隆一は1人でプールバーに向かった。

一昨夜の女は不良グループのなかにおり、隆一を見つけると、隣の男に耳打ちした。

数人の男たちが隆一を奥の部屋に連れ込み、抵抗する隆一を押さえつけて、薬物を注射した。

隆一が正体を失くした頃、女が入ってきて、隆一の上に跨った。

薬欲しさにプールバーを訪れるようになると、今度は金を要求された。手持ちの金がなくなっても、薬を求めて店に行くと、男たちにつまみ出され、袋叩きにされた。

女は隆一に薬物を摂取させ、顧客にするための餌であり、あの友人が手引きをしたのだった。

学校から無断欠席の連絡が行き、隆一は連れ戻しに来た母美奈子とともに日本に帰った。

幸い、隆一の薬物依存は、一般にジャンキーと言われるほど酷くはなく、帰宅後、自宅に籠ることで、禁断症状は乗り切れたが、その後フラッシュバックといわれる薬剤使用時の記憶、女との甘美な時間や男たちに暴行を受けた時の恐怖や肉体的苦痛がくり返し隆一を襲った。

「ほんの1年の語学学校も続かないのか！」

隆彦の怒りは抑えられないほどになっていた。

＊

「くそっ。くそ、くそ、くそっ」

隆一は、実のところ、何に対して腹が立っているのかわからなかった。

引き籠りの隆一のせいで、母親の美奈子が夫に対し卑屈な態度で接しているのも腹立たしいし、隆一にたいしても怯えているような態度で接するのも腹立たしい。自分にとって何もかもうまくいかないように思えることも腹立たしい。理不尽に腹立たしい。

その痛さで自分自身を確認するために、壁や机に拳を叩きつけている。そのうち奇声を発しながら傍にあるものを手あたり次第辺りに投げつけ、投げるものがなくなると、一度投げたものを拾ってまた投げつけた。窓ガラスを壊したのも一度や二度ではない。

階下では母親の美奈子が、二階の物音が聞こえてくると、両手で耳を塞いで部屋の隅に蹲《うずくま》り、隆一の感情の嵐が過ぎ去るのをじっと待っていた。

夫の隆彦はまだ帰ってこない。まるで猛獣の居る檻には入りたくない、という意思表示でもあるかのように、帰宅はいつも深夜だった。

1時間ほどすると、隆一は静かになる。興奮した後は疲れるのか、そのまま寝てしまう。夜中にトイレに起きた時や、朝起きた時、自分で破壊したものを誤って踏んづけて怪我したことも数知れず。

それでも母は、部屋へは行かない。母親の顔を見ると、せっかく収まった隆一の怒りの炎が、またメラメラと燃え上がってしまうから。

夫に何度このことを告げただろう。「何とかして」。だが、夫は何もしてくれない。「お前の子だろう。うちの家系には、精神を病んだ奴などおらん」繰り返される会話。

すべて美奈子のせいになった。

勢い、美奈子はもっぱら兄の稲造に相談することになる。

兄は子どものころから優しかった。

「大丈夫。隆一は、自分の若さを持て余しているだけだ。もう少し年を取ると落ち着くさ」

美奈子は、そんな悠長なことを言っている場合ではない、とは思っても、兄のその言葉を聞くと、何となく安心してその日は乗り切れるのだった。


美奈子が隆一の部屋のドアの横に食事を置いて階段を降りると、その足音を聞いて、美奈子が一階の居間に引っ込んだ頃、隆一は部屋のドアを開けて食事を取り込む。食事が済めば、空になった食器を入れた盆を部屋の前の廊下のドアの横に置く。それが1日3回。会話はない。風呂も週に1回、美奈子と隆彦が寝静まってから、階下へ降りてきて使う。洗濯物はその時に脱衣場に置いていく。

そんな生活も3年になろうとしていた。

隆一は、たった一晩でいいから、朝までぐっすり眠りたい、と思う。

ほぼ毎晩、決まって同じ夢を見て目が覚める。それは、隆一の大学入試の試験場での場面だった。試験問題を目の前にして鉛筆を持つ手がまったく動かず、一問も回答できずに終了の時間になってしまう。問題が解けないのではないのだ。解き方も答えもわかっているのに、手が思うように動いてくれないのだ。白紙答案を前に絶望の叫びをあげる。

さらになんの脈絡もなく、あのプールバーの奥の倉庫のような部屋にいる。あの女が隆一の体を蹂躙している。男たちが隆一を引き摺りだし、店の外で殴ったり、けったりする。

獣の咆哮のような自分の声で隆一は目が覚める。

暗闇の中で目が覚め、一瞬そこがどこだかわからず、パニックを起こし、汗をびっしょりかいて荒い息をついているが、次第に、自室で寝ていてまた同じ夢を見たのだ、と得心する。それが隆一の日常だった。

死んだほうがましだ、と何度も思った。だが、同時に、自分は何も悪くはない、あいつらにはめられたんだ、なのに、どうして死ななければならないのだ、という怒りも湧いてくる。怒りは時として最も強い生への執着のエネルギーとなる。ただし、間断なく繰り返される眠りの中断と夢を見ている間の苦痛は、隆一の精神を確実に蝕んでいった。

隆一の長く続く引き籠り生活の中で、隆一をはじめからいない者として接してきた隆彦にも変化が生じていた。長引く不況で会社の仕事も思うように成果が上がらず、帰宅しても陰鬱でピリピリした空気にストレスが高じていった。

ある日、隆彦が珍しく早く帰宅すると、食卓に料理を運んでいる美奈子が、

「あら、今日はお早いんですね」と声をかけた。

何ということもない普通のことばだったが、食卓に準備された料理に目をやると、それは2人分でしかも隆彦の好まない料理だった。隆彦に食わせるものなどない、と言っているようなその食卓を目にしたとたん、それまで溜め込んでいた負のエネルギーが一気に爆発した。

「おまえは誰のおかげで飯が食えてると思ってるんだ！」

言うが早いか、隆彦は食卓に載った食事を払いのけ、美奈子に手を上げていた。驚いて隆彦を見つめる美奈子に、

「なんだ、その目は！」

と怒鳴りつけながら、美奈子の腹部を足蹴にした。

美奈子は床に倒れ込み、何が起こったかわからず、恐怖に駆られてその場に蹲《うずくま》っていた。

隆彦の暴力はさらに続く。美奈子の体のあちこちを何度も蹴った。

階下の物音に、さすがの隆一も部屋を出てリビングに降りて来た。倒れ込んでいる美奈子を見つけると、猛烈な勢いで隆彦に向かって行った。

「母さんに何するんだ」

叫びながら隆一は隆彦の襟首を絞め上げた。20代の若者である。中年の会社員の叶う相手ではなかった。

隆彦は隆一の手を振りほどくと玄関へ向かい、外へ出て行った。

隆一は肩で息をしながら床に倒れ込んでいる美奈子を見下ろしていた。

＊

稲造は今年の春、アジア電力の関西本社から東京支社の資料情報室長として転勤になっていた。一言で言えば左遷だ。原発推進に異を唱える稲造はとうとう経営の本流から外れた、ということだ。

今までも美奈子からの電話は珍しくなかったが、昨夜の電話は稲造にはいつもと違って聞こえた。内容はいつもと変わらない。引き籠りの甥っ子隆一の心配と、まったく取り合ってくれない夫隆彦への不満についてだ。だが、どうにも気にかかった。電話の送話口を手で覆ったようなくぐもった音声と、辺りを気にして怯えたような低い話声からいっても、より差し迫った感じがしたのだった。

翌日稲造は妹美奈子のもとを訪ねた。本社勤務の間、稲造が上京した際には必ずと言っていいほど立ち寄り、単身赴任の今となっては夕食のための大事な馴染の店となっている東京支社近くの寿司屋に寄って、寿司折を隆彦の分も含め4人分調達し、藤堂家を訪ねた。

東京支社へ転勤になってからの稲造は身軽で、妹たちのもとを訪ねるのも気軽にできるようになっていた。

玄関を開けて稲造の姿を認めた美奈子はほっとした表情を浮かべ、稲造の差し出す3人分の寿司折を受け取った。

家へ上がった稲造は、美奈子に向かって階段の上を指さし目顔で隆一の所在を確認すると、黙って頷く美奈子を残し、1つ残った寿司折を手に、1人で二階へ上がって行った。

隆一の部屋の前までくると、ドア越しに声を掛けた。

「おい。俺だよ。ここに寿司置いておくから、気が向いたら食べな。ついでに話をしてくれたらお嬉しいぞ」

稲造は寿司折をぶら下げたまま、しばらくドアの前で待ってみると、中からおもむろにドアが開いた。そのまま閉じないところを見ると、隆一は稲造のことを拒否してはいないらしい。

「入っていいか?」

稲造が声を掛けると、隆一は黙って部屋の奥へ引っ込んだ。それは、暗に稲造の入室を許諾したということだ。

稲造が寿司折を持って部屋に入ってみると、思ったより片付いているのに少し驚いて、

「なかなか小綺麗にしてるじゃないか。これなら母さんも心配することないのにな」

と声に出した。

大人がこんな卑屈な態度じゃいけないな、と内心思いながら、隆一の気に障らないように話をする。結局床には置かずに持って入った寿司折をベッド脇にある小さなガラスのテーブルの上に置いて、食べるように隆一に促し、稲造はテーブルを挟んで向かい側に胡坐をかいて腰を下ろした。

いつも美奈子の運ぶ食事しか食べていない隆一には、久々の寿司だろう。少しためらっていたが、やがてベッドに腰かけ、テーブルの上の寿司折に手を伸ばして包みをほどくと、美味しそうに食べ始めた。

隆一は、たまに訪れる口うるさくない伯父には昔から懐いていた。

「旨いか?」

隆一は無言で首を縦に振る。なかなか可愛いところがあるじゃないか。

隆一が寿司を食べ終えた頃を見計らって、稲造は話し始めた。

「どうした? 何か辛いことでもあるのか? 簡単に口にできることじゃないんだろうとは思うが、1人で籠ってばかりじゃ、悪いほう、悪いほうへと考えも気持ちも向かってしまうんじゃないか?」

隆一は伏し目がちで何も言わない。

「まあ、無理して何か言わなくてもいいが、今度、俺と外で寿司でも食おうぜ。しゃぶしゃぶでもいいな」

隆一は少しだけ顔を上げた。それは同意のサインなのだろう。そう思って稲造は腰を上げた。

「じゃあな。気が向いたら電話くれ。どこでもごちそうするぞ」

そういうと隆一の部屋を後にした。

階段の下で美奈子が心配そうに二階の様子をうかがっていた。

「大丈夫だよ。うまそうに寿司を食ってた。今度寿司屋へ行こうと誘っておいた。まんざらでもなさそうだったよ」

「だといいんですけど。あの子は昔から兄さんには素直だったから。お寿司、一緒に食べます？」

「ああ。二階にお茶持ってってやれ」

「そうですね」

美奈子は3人分のお茶を入れると、茶碗の1つを、皮を剝いて食べやすく切ったオレンジと一緒に盆に載せ、二階へ持って行った。いつものように部屋のドアの横に置いて声を掛けるだけだった。


まもなく二階から食堂に降りてきた美奈子に稲造は言った。

「どうした？　昨日は隆一が今にも死んでしまうんじゃないかという感じで電話してきていたが？」

少し気恥しそうにしながら美奈子が話し出した。

「昨日の午後、珍しく隆一がシャワーを浴びに降りてきて、いつもは洗濯物や着替えも持って降りてくるんですけど、少し急いだのか手ぶらで降りて来てたから、部屋へ行ったんです。洗い物を取ってこようと思って」

「そんなことするから嫌われるんだぞ」

稲造は軽くたしなめる。美奈子の気持ちはわからないでもないが。

「いつもじゃないですよ。この頃、少し様子がおかしかったから。……いつにも増してって意味ですけど」

「どう変なんだ?」

「外なんか滅多に出ないのに、この間から二晩ほど、私たちが寝静まってから外に出た気配があったんです。どちらも小一時間ほどで帰って来たんですけどね。滅多に外に出ない子だから、いいほうに向かってるのかとも思ってたんだけど……」

「そうじゃないのか?」

「その……洗濯物でもあるかと思って、隆一が部屋の外に出ている間に部屋に入ってみたらね、コンビニの袋に入って、机に置いてあるものがあったんですけど、それが……」

「何だったんだ?」

「包丁です。しかも2本」

稲造も一瞬ことばをのんだ。

「何に使うんだ?」

「知りませんよ。だから心配なんじゃないですか」

「それで? 隆一には訊いたのか?」

「訊けるわけないじゃないですか。『あなた、この包丁で何するつもりなの？』なんて」

稲造は唸った。

思っていたより事態は深刻なのかもしれない。

「それと……」

「まだ何かあるのか？」

美奈子は言いにくそうにしていたが、やがて意を決したように話し出した。

「10日ほど前、隆彦が珍しく早く帰ってきて、いつも遅くて家では夕食を摂らないものだから、どうせその日も家では食べないだろうと思って夕食を2人分しか作ってなくて……。しかもたまたま、隆彦が苦手だからいる時には作らないようにしてる物を作ってた。それを見た隆彦が急に怒り出して、食卓の上のものを払い落として……私に手を挙げたんです。びっくりしてるとさらに気に障ったらしくて、私を蹴り倒して……。

その物音を聞いて二階から降りて来た隆一に隆彦が絞め上げられて……隆彦は出て行ってしまいました。それからの隆一の静かさが余計に不気味で。その後何日かしてから夜中出歩くようになったんです。そのことと関係がないといいんですけど。何かしでかしてしまったらどうしようって思うと心配で心配で」

「わかった。今度隆一と2人で食事に行ったときに訊いてみるよ。あまり心配するな。おれたちと同じ血が流れてるんだから」

「だといいんですけど……」

いつも通り藤堂隆彦の帰りは遅く、稲造はその家の主《あるじ》の帰りを待たずに美奈子の家を辞した。

数日後、なかなか掛かってこないだろうと思っていた予想に反して、稲造のもとに隆一から電話が掛かった。

「おう、待ってたぞ」

「おじさん、天ぷらでもいいですか？　天六の天ぷらが食べたい」

「おう、いいぞ。いつがいい？　これからか？」

「今日、これからでもいいですか？」

「よし、7時でもいいか？　くだらない会議を1つこなしてから行くから。日比谷の皇国ホテルの地下の天六でいいか？」

「あそこがいいです」

「よし、カウンター予約しとくぞ。もし俺が遅れるようなことがあっても、必ず行くから待っててくれ」

稲造は、隆一の電話を切ってから天六に電話を入れ、うまい具合に空いていたカウンターに7時から2人分の席を予約した。

＊

稲造が約束の時間に5分ほど遅れて天六につくと、隆一は、稲造の予想に反して小奇麗な格好をして、すでにカウンターの席についてお茶を啜っていた。

「おう、待ったか?」

言いながら稲造は隆一の隣に腰を落ち着けた。

「お好みにするか?　おまかせにするか?」

「おまかせでいいです」

「そうか」

稲造は夜の部のお任せコースを2人分注文した。

「ビールか?　日本酒はいいのか?」

稲造が訊くと、隆一は

「じゃあ生ビールを」と言った。

稲造が生ビールを2つ頼むと、ビールと一緒に畳鰯を素揚げにしたお通しが出てきた。塩加減がちょうどいい。

「たまには外で飯を食うのもいいだろ?」

隆一はまた無言で首を縦に振る。

そのうち揚げたての天ぷらが目の前の和紙をひいた竹籠風の器に並び出し、しばらくは食べることに専念した。

「旨いか？」

かなり食べ進んでから稲造が隆一に尋ねると、初めて隆一は声に出して「美味しい」と言った。

「伯父さん、どうして僕がここを好きなのか、わかりますか？」

「いいや。旨いからじゃないのか？」

「それはもちろんですけど、子どもの頃、父と母さんと一緒に銀座で買い物に出た時、たまたま上京してきていた伯父さんと伯父さんの家族とここで待ち合わせをして、一緒に食事したことがあったでしょう。とても美味しかったたし、何より楽しかった。従姉妹たちと一緒にご飯を食べるのも、伯父さんと話をするのも。……あの頃はよかったですね」

「ああ、そうだな。覚えてるよ。あの頃はおれも若かった。おれも楽しかったよ。うちには娘しかいないから、お前といると息子といるみたいで楽しかったんだ」

「伯父さん。僕、伯父さんの子ならよかった」

「そう言うな。親は自分の子の一生に責任がある。だから、いきおい厳しくなるし、遠慮がない分言葉もきつくなるさ。おれは責任がないから、ただ可愛いと思って、甘い顔してりゃいいからな。そんなんで父さんや母さんを責めたら、可哀そうだぞ」

「でも、伯父さんは話を聞いてくれるでしょ。父は僕の言うことなんか聞いちゃくれない。頭ごなしにただ、おれの出た大学に入れ、落ちこぼれるな、それしか言わなかった。おまけに飯森の血を引いてるから出来損ないなんだ、って言うんだ。あ、すみません」

「いや、気にしないよ。まあなあ。お前の親父は所謂エリートだからな」

「伯父さんだってエリートじゃないですか。父みたいに、T大出て、官僚になって、公共工事の発注を取り付けるために早期退職してゼネコンの幹部に天下るって、それって人としてどうなの？って。……まともに学校にも行けない僕には言う資格ないですけどね」

隆一は言ってから少し悔しそうに俯いた。

「まあ、食え。もう少し呑むか？」

稲造は伏見の酒蔵の純米大吟醸を冷で頼んだ。猪口は2つ。

運ばれてきた猪口を隆一の前にも置いて、酒器から酒を注いでやった。

隆一も猪口に口をつけると旨そうに呑んだ。

「どうだ、旨いだろう。この酒は都内でもあまり置いてる店はないんだぞ」

2人で2合の酒を空け、締めのワサビ茶漬けも摂ったところで外に出た。

「どうだ、もう少し付き合わないか。お堀の周りでもブラブラしよう」

日比谷から外堀通りを渡って、濠に沿って散歩しながら妹の美奈子に頼まれた話を始めた。

「なあ、何か思い詰めてるか？」

「どうしてですか？」

「美奈子がな、隆一の部屋で包丁を見つけたんだと。めったに出歩かない隆一がこの頃、時々皆が寝静まってから外に出てるみたいだって。それで、洗濯物でも溜まってないかと部屋に入ってみたら、コンビニ袋に入った包丁を見つけたって。それも2本。心配してたぞ」

「勝手に入りやがって」

隆一は稲造のほうを見ようともせず独り言のように言葉を吐き出した。

「勝手に部屋の中を詮索するのは悪いが、心配だったんだ、おれに免じて許してやってくれよ」

隆一はなおも不服そうだったが、一応怒りは収めてくれたようだった。立ち止まると稲造のほうをまっすぐに見て言った。

「伯父さん、おれ、このままじゃいたくないです」

「うん。そうだな」

「おれ、夜、あまり眠れないんです。ほとんど毎晩同じ夢を見て目が覚めます。辛いです。1日でいい、ぐっすり眠りたい」

「そうか。それは辛いな。眠りを妨げるのが一番の拷問らしいからな。おれの知り合いで睡眠障害を専門にしている医者がいるぞ。今度みてもらうか？　おれも今は閑職だから、一緒に行ってやれるぞ」

「……」

「無理にとは言わんよ」

「行ってみます。ぐっすり眠れるなら。ご迷惑じゃないですか」

「そんなことないさ、可愛い甥っ子のためだ」

「お願いします」


「それと、包丁は他人を傷つけるためじゃないですから」

「ああ。むろんそうだろう。何かやりたいことでもできたか？」

「料理。美味しいものを食べた時の記憶に嫌な思い出はないですから。天六だってそうだ。昔も今も美味しくて楽しかった。自分でも何か作ってみたい」

「ああ、そうだな」

　2人はまた歩き出した。

「美奈子と一緒に作ってみたらどうだ？」

「あの人は、父さんが怖いから。父さんに馬鹿にされてるから何にもできない。……おれがこんなだから、あの人をあんな風にしちゃったんだけど」

「大丈夫だよ。美奈子はお前が可愛いんだ。この世で一番大切に思ってるさ」

「……」

「話してみなきゃわからん。それにな、おまえはもう大人だ。やりたいことがあるなら、父親のことなんか気にせずやってみたらいい。家の台所から社会復帰のリハビリ始めりゃいいんだ。どうせ、もうとっくに父さんの身勝手な期待は裏切ってるんだから」

そういうと稲造は笑った。隆一も屈託なく笑った。

そう、それでいい。笑いは大事だ。

稲造は隆一を応援してやろうと心に決めた。が、果たしてこれが自分の息子でもこう思えるだろうか、と考えないでもなかった。

四　高梨朔の嘆き

三田が家に帰り着くとパソコンに局長からのメールが届いていた。

職務上のメールは自宅のパソコンにはめったに来ない。何か緊急事態だろうか。不安を感じながらメールの文面を読み進めた。

省内連絡。読後即削除の事。と前置きされたあとで、使用済み核燃料再処理施設稼働試験について、試験許可の月日、実施日時、実施後の発表予定などについて詳細が記されてあった。

稼働試験が終われば、本格始動が見えてくる。稼働試験の合否は結果ありきだろう。それでも覆い隠せない不備があるとすれば、再処理自体無理筋の話だと証明するようなものだ。つまり、なんとしても試験は合格させる、ということだろう。発表のあとに予想されるマスコミや国内外の反応に対処できるよう準備しておけという指示だった。

1週間後、稼働試験の結果が発表された。案の定、稼働試験の結果は合格。何ら問題はなくあらゆる点においてまったく不備はないとされ、本格操業に向けゴーサインが出た。周辺自治体もこの結果に大いに満足している、ということであった。


この発表を聞いて歯嚙みする人間がいた。

文筆家として活躍する傍ら、原発や核廃棄物再処理事業について、さまざまな情報を発信し、市民運動などとも連携して市民の啓発に努めている高梨朔である。

(何ら問題なくだと? ふん。問題だらけじゃないか。使用済み核燃料を再処理前に細かく裁断する時には環境中に放射性物質が飛散する。それによる環境の放射能汚染はどうすんだい。

再処理の過程で大気中や河川、海洋に放出される放射性物質については? 再処理の過程で発生する余剰なウラン、プルトニウムはどこに行くんだい。〝宗主国〟の核弾頭に使うんじゃないのか。

再処理したあとの、今度こそもうそれ以上使い道のない、傍にいただけで死んじまうような超高レベルの放射性廃棄物、死の灰はどうやって処分するんだい。

第一それだって再処理がうまくいくと仮定しての話だ。もんじゅの体たらくをみろ。きっとうまくいくわけがない。再処理施設だって、高濃度核廃棄物とガラスを混ぜてガラス固化体と称し、金属（ステンレス）製のキャスクに入れて長期保存するなんていう、どう考えても危なっかしいことをやろうとしている。地震大国の日本で、安全に長期保存できる場所なんて、あるわけないというのに。

技術とも言えないような処理計画の基本の基本、ガラス固化体製造試験からしてうまくいってない。ガラスを溶かして核廃棄物と混合させる炉の温度が思うように上がらず、操作の途中で溜まった白金がどんどん沈殿し、攪拌のために突っ込んだ棒が変形して抜けなくなって、試験を続行することさえできなくなった。そんな間の抜けた状態のまま、いったい何年過ぎたと思ってるんだ。

再処理施設の事故は即日本壊滅、全世界の、人類だけじゃない、全ての生物存続の危機につながるということをわかってやっているんだろうか。いや、わかっていてもやめないんだろう。一部の人間や企業の利益のために。あるいは親分であるどっかの国のいいつけに逆らえないから）

野にいて、核利用の危うさに警鐘を鳴らし続けている高梨は、しかし周囲からは変人、奇人の類と紙一重と思われている。テレビや、新聞など、大手マスコミの発表する情報を金科玉条のごとく信じている国民の多くは真実に対し聞く耳を持たない、思考停止状態だ。それでも高梨は、講演会や書籍の出版、ＳＮＳでの発信を続けている。

交差点で信号待ちをしている時や駅のホームで電車を待っている時、高梨は命の危険を感じることがある。だから、高梨は駅のホームでは決して先頭には立たない。前に数人置いて列にならぶ。あるいは電車がホームに入ってくる直前までホームの柱を背にして立っている。線路上に突き落とされないための用心だ。

盛り場の横丁は1人では歩かない。というより人気のない路地は極力歩かないようにしている。適度な人通りのある明るい通りを選んで移動するように心がけている。かといってあまり混雑しすぎているところも避ける。人でごった返しているところでは、不測の事態が起こった時にはかえって犯行は目撃されにくい。周りが気づいた時には自分が血まみれになって転がっているなんて事態になりかねない。


原発の問題は戦後の復興期まで遡る。

日本中の多くの都市が焦土と化し、食料不足、治安の悪化、農家も工場も働き手不足、経済の大打撃に見舞われ、街には浮浪者や戦争孤児が溢れていた。1950年から始まる朝鮮戦争による特需によって、生活は改善し、もはや戦後ではないと言われた1957年、電気事業連合会加盟の9つの電力会社及び電源開発の出資により、日本原子力発電株式会社が設立された。

降って湧いたような原発建設の話。ゼネコンには朗報だし、仕事のない電気関連の工業界にとって原発の建設は渡りに船だった。しかも技術の提供も建設もアメリカがやってくれて、日本側は稼働のスイッチを入れた所からだけやればいいという話だった。それに原子力に関する知識などなかった日本企業が飛びついた。日本の原発に関する悲劇はそこから始まった。

技術も知識もない敗戦国日本の人間が、過酷な事故と常に背中合わせの原子力発電を担うという悲劇。悲劇も度を過ぎればまるで喜劇だ。

東海村の高速増殖原型炉もんじゅでは度々事故が起こった。中でも最悪なのは、試運転中の1995年12月8日、二次冷却系配管からナトリウムが漏れた事故だろう。

科学者であれば、固体のナトリウムが空気中では酸素と反応し、爆発的に燃焼する、ということを知らないわけではないだろう。にもかかわらず、固体のナトリウムを原子炉の冷却に使おうなどと考えた者も考えた者だが、計画段階で許可したほうも許可したほうだ。漏れたナトリウムの回収は困難を極めたはずだ。そのまま手つかずではないかとさえ疑ってしまう。

さらに、同じく東海村のJCO東海事業所の核燃料加工施設では、目を疑いたくなるような事故が起きている。それは、核燃料加工中にウラン溶液が臨界に達し、核分裂連鎖反応がおき、その状態が約20時間にわたり持続した、という重大事故だ。この事故では作業していた3名が至近距離で中性子線を浴び、うち2名が死亡、1名が重症ながら、命を取り留めた。他に667名の被爆者を出した。事故の処理に当たった7名の社員の他、被爆者の救急搬送に関わった救急隊員3名、周辺住民207名、などが含まれている。

JCOでは日頃から、臨界事故防止のためのマニュアルを無視した作業がおこなわれていた。それは、設備投資や手間を省く目的で、あろうことかウラン化合物の粉末を溶解する工程で、正規の溶解塔を用いるのではなく、ステンレス製のバケツを用いるという信じられない手順だった。

この事故の前日からは、作業の効率化のために、さらに杜撰、かつ危険な方法での作業になっていた。つまり、濃度の異なる硝酸ウラニル溶液を混合して均一な濃度に仕上げる工程で、貯塔といわれる臨界の起きにくい形状の容器を使用すべきところ、あろうことか、沈殿槽という臨界の起こりやすい形状で、周囲が冷却水ジャケットに包まれている本来使用すべきでない容器が用いられていた。しかもステンレス製のバケツで溶液を投入していた。

その結果、沈殿槽内の硝酸ウラニル溶液が臨界に達し、この時、「チェレンコフ光」と思われる青白い光を見た、という作業員の証言があった。

「チェレンコフ光」というのは、高エネルギーの荷電粒子が空気や水などの媒質中を光速度よりも早い速度で運動する際に、その粒子の電磁場によって物質中の原子、分子が分極して励起状態となり、その後元の安定状態に戻る際に発する青白い可視光線のこと。すなわち臨界に達した非常に強い放射線を出す物質の周囲で見られる光のことだ。

ということは、最悪の中性子線が建物の内外に放出されたことになる。

事故当初JCO社員は、臨界事故を収束させる作業をしようとしなかったが、やがて国からの恫喝《どうかつ》とも言える指示で作業せざるを得なくなった。冷却管の破壊、アルゴンガス注入と冷却水排出、沈殿槽内へのホウ酸投入などにより、実に20時間後にやっと核の連鎖反応を止めることに成功した。

この間、中性子線は周辺の環境中に放出され続けた。国に先駆け、知事は住民の屋内退避を勧告したが、そんなものは役に立たない。中性子線はその性質状、住宅の壁やガラス窓程度の遮蔽物は難なく通過してしまう。厚いコンクリートの壁か十分な量の水のプール内でなければ、中性子を遮蔽することはできない。日本の民家など、屋内でじっとしていようがなんの効果もない。そして内部にいる生物だけに害を及ぼす。

ただ、当時の知事が、国の指示を待たずに住民に県独自の屋内退避の指示を出している。この指示は、たとえその指示内容が効果のないものだったとしても、その英断は評価されるべきだろう。

ことほど左様に一般人に対しては、原子力、核というものについての正しく詳しい情報は与えられていない。知られては困るのだ。核の危険を知ったら、いくら利権が生まれるとは言っても、誰も身近に置こうとは思わないだろう。だから、住民が無知なうちに核関連の施設をどんどん建ててしまったのだ。核廃棄物の処理の目途もたたないまま。さながらトイレのないマンションを建てるように。

この事故は、作業をする現場の人間に、核物資に対するきちんとした知識がないことが原因だったと言えるかもしれない。取り扱いを誤ると重大事故が起こるという極めて基本的なことさえ作業員はわかっていなかったのではないか? 否、知らされていなかったのだろう。知られては困るのだ。

戦後に原発の建設、運用が始まった当初から、こんなおぼつかない知識と技術で現場は動かされてきた。その実際の業務のほとんどは、子会社、孫会社、さらなる3次、4次以下の下請けの会社が担い、本当に知識や技術のあるものは本社や、現地でも安全なところの机の前にいて、あれやこれや指示を出すだけだ。

核について本当に熟知している者は、怖くて現場になんか近づけない。だから、中抜きされる分の経費を浮かせ、効率化をはかるために、きちんとした施設をつかわず、核種をバケツで注ぐなどという馬鹿な作業をさせてしまうのだ。

その作業の過程では、たとえ事故がおこらなかったにしても、作業員の日々の被爆は積算で一体いかばかりになるのだろう。日本中の原発もそうだが、作業員で被爆限度を超えそうな者は、被爆放射線量を記録するためのフィルムバッジをはずして作業させられた。言語道断である。そのうち体調を崩した者は、何の保証もなく退職させられる。放射線障害によるものと考えられる病気で亡くなった者の家族には、見舞金という名のいくばくかの金が口止め料として支払われる。異議申し立てはしない、勤務実態などについては口外しない、との誓約書と交換に。

これがこの国で行なわれている原子力政策だ。


そんな中で下された核廃棄物再処理事業に対するゴーサイン。

使用済み核燃料の中にはプルトニウムが１％程度含まれる。これを再処理して取り出し、二酸化プルトニウムと二酸化ウランとを混ぜて、プルトニウム濃度を４～９％に高めたものがＭＯＸ（Mixed Oxide）燃料である。このＭＯＸ燃料を原発の燃料として使用した場合は、中性子の放出量は従来の核燃料使用時とは比較にならないほど多く、炉の異常発生時の圧力上昇も比較にならない。

さらに、使用済みMOX燃料は、従来の使用済み核燃料よりも、当然プルトニウムの濃度が高く、臨界の危険性が高い、発熱量が大きいなど、取り扱いが非常に困難な燃料なのだ。

1999年には、すでにMOX燃料使用時の周辺環境への影響のシミュレーションがなされている。炉心の4分の1にMOX燃料を装荷した場合、ウランだけの炉心の場合と比較し、重大事故から生じる潜在的癌死は42〜122%、急性死は10〜98%高くなる。という報告がある。

そのMOX燃料を充填したフルMOX原発がX原発なのだ。

一旦稼働すれば、環境の放射能汚染など、周囲環境への影響は甚大なものとなる。そんなものの稼働を見据えた核廃棄物再処理工場の稼働など、神をも恐れぬ所業と言わざるを得ない。いったい日本で電力は不足しているのか。否である。原発なんか、一個も稼働していなくたって電力は足りている。原発の新設やフルMOX燃料の原発などもっての外だ。

高梨は常の通り、世間の有様に言いようのない落胆とぶつけどころのない怒りを覚え、独《ひと》り言《ご》ちた。

夜中のテレビを見てみろ。下らない通販番組だらけだろう。たまに深夜のドキュメント番組で見るべきものがあるが、あれこそプライムタイムの、国民の大半がテレビの前にいる時間帯に流すべき番組なのに、何かを憚《はばか》っているのか、ほとんどの人が寝静まった時間帯にしか流さない。視聴者の多いプライムタイムは、アホさや見た目の悪さを売り物にするいつもの芸人たちのお笑い番組や、高学歴と博学を売り物にするタレントまがいの有名国立大学の学生たちの代わり映えしないクイズ番組だらけだ。ほんとにこの国の将来はどうなってしまうんだ。

五　F県、南台総合病院小児科診察室

診察室の窓から見える景色は新緑の季節を過ぎ、初夏の気配を帯びていた。

佐伯洋三は、数カ所の大学関連病院の小児科勤務を経て大学の医局へ戻り、普通に勤めていればやがて大学の小児科学講座の講師くらいにはなりそうな順当なコースを歩んでいた。

洋三は、午後の診察を終えてコーヒーを啜りながら、最近の外来と入院の患者の動向について考えていた。

（ロイケミー（白血病）が多いな）

誰に言うともなくつぶやいた。

ここ1、2カ月、周辺の病院から紹介されてくる外来患者の中で甲状腺癌や初発の白血病患者の数が目立って増えている。腎癌など、他の小児癌にも増加傾向がある印象を受ける。

小児の甲状腺癌などは、これまでは日常診療の中でめったに遭遇するものではなかった。まして、

ほんの1、2カ月の間に二桁に近い症例が新たに発症するというのは、地域の中核をなす総合病院の小児科ということを考えても異常であった。大学病院と比べてもかなり症例が多い。

「先生」

背後で看護師の声がした。

「内科の近藤先生がお見えです」

「やあ、ちょっといいかい？」

洋三が返事をする前に診察室を仕切る白いカーテンの切れ目から長身の男が顔を出した。

内分泌内科を専攻する近藤浩だった。彼とは大学時代の同期で、学生の頃からなぜかしら気が合い、遊ぶ時も、試験勉強の時もよく一緒に過ごした。医師になってからも、こまめに連絡は取り合っていた。昨年の4月に洋三がこの病院に勤務することになって以来、先任だった彼が何くれとなく世話を焼いてくれ、時折飲食を共にし、その親密度を増していた。

「今日、いいか？」

近藤が珍しく真面目な顔をして言った。

「ああ。夕方の回診を終えてから少し仕事をやっつけて……、そうだな、8時半でどうだ？」

いつもの近藤の誘いではあったが、近藤の様子が少し違うな、と思いながら洋三は答えていた。

「ああ、それでいい」

そう言うと近藤は小児科の診察室をあとにした。

＊

勤務先の病院からタクシーで15分位の所に、彼らのよく利用するスナックがあった。ママさんは取り立てて美人というわけでもないが、頼むと作ってくれる賄いのような食事が結構美味くて、月並みな言い方をすれば、おふくろの味ということになるのだろう。実際はおふくろの味はその家々によって違うだろうし、果たしてそんなものがあるのだろうか、とも思うが、一人暮らしの身になってみれば、それは紛れもなくおふくろの味で、つかの間家庭の味を思い出させてくれる。そんなわけで、夕食を摂り損ねた時などによく利用していた。

いつもはカウンターに座るのだが、先に来ていた近藤はボックス席に着いていた。

「珍しいな」

答える代わりに、近藤は洋三を促して席に着かせた。

先に口を開いたのは近藤だった。

「最近、甲状腺の癌が多い。有意に、だ」

洋三は、今日の午後診察室で漠然と思っていたことを考え始めていた。

「お前のところでは変わったことはないか？」

近藤は続けた。

「甲状腺だけじゃない。全ての臓器の癌が、と言ってもいいが……。過去5年間の甲状腺癌の症例を当たってみたんだが、昨年の6月頃から発症率のグラフの軌跡が飛躍的に伸びている。大腸癌や胆道系の癌、肺癌なども増加していることはしているが、甲状腺に関しては飛び抜けているんだ。環境の変化だとか、食生活の欧米化、食品添加物、食品の残留農薬、家畜飼料への抗生物質や成長ホルモンの多用などの食の問題などだけで説明できるとは思われない。まあ、ある意味では、環境の問題といえなくもないがな」

近藤は本当に言いたいのはここからだ、といった調子で言葉を切った。

「放射能か?」

洋三は近藤のことばを引き取って即座に答えた。

「おれも気にかかっていた」

そう言って洋三はグラスを口に運んだ。

「うちの小児科でもロイケミー(白血病)がな、多いんだ。もちろん甲状腺癌もだ。ここ2カ月で両方とも二桁に近い。初発という意味でだが。しかも、ロイケミーに関しては病型が今までの構成頻度と少し違うんだな。発癌を促すような特別な因子でも働いたと言わんばかりの顔つきなんだよ」

今日の午後、洋三の頭の中でもやもやしていたものが、近藤に話すことによってはっきりと形を持って姿を現した感じがした。

(そうだ、そうなんだ)

と洋三は心の中で呟いていた。疫学的な観点から、疾病の発生頻度はある程度予測できる。それがここ2カ月の白血病の初発頻度、および病型分類における発生分布が不合理だったのだ。多すぎる。

近藤にそのことを告げると、彼は我が意を得たりという顔をして身を乗り出してきた。

「病気というのはそうなんだ。決してなんの脈略もなく、まるで思いついたようには発生しない。予測しえないような発生状況を呈するとしたら、そこには何らかの人為的な要因が関与していると考えていい。人自体にか、環境にか、とにかく何かとてつもない変化が起きていることになる。おそらく、その白血病の発生頻度の異常は小児科領域だけじゃないな。内科のほうでもその傾向は出てると思うぜ」

その後も近藤が熱弁を振るう間、洋三はもう少し詳しく調べてみようと思っていた。

＊

殺風景だが、本と古いジャズのレコードに囲まれ、洋三にとっては居心地のいい部屋へ帰り、部屋着に着替えて、ターンテーブルにコルトレーンのアルバムの乗ったステレオのスウィッチを入れると、洋三はベッドに体を投げ出した。

あれから2時間ほど近藤と飲み語らい、いくつかの問題点を確認した後、さらに緻密な調査、分析を進めるということでお開きになった。

1人になって考えると空恐ろしい感じが強くなる。

発癌を促す因子として可能性のあるものは、化学物質と紫外線、放射能だろう。化学物質には直接に薬として体内に取り込まれるもの、食品添加物として取り込むもの、肥料や農薬によって汚染された農産物や水、それらを摂取した畜産物を食品とすることによって取り込むものがあり、産業従事者が作業中にアスベストや六価クロムなどに暴露されることによるもの、産業廃棄物による環境汚染などなど、発癌のリスクは日常生活の中に溢れている。

だが、最近の癌患者の増加はそれら従前から知られた因子だけでは説明がつかない。それら因子は、何十年も前から存在し、その結果のさまざまな病気の発生増加は東日本大震災時のF原発の爆発以前は、予測されたものから大きく外れてはいなかった。それがここ数年、大きく軌道から外れている。

原発爆発事故の12年後には溶融を起こした炉心を冷却した高濃度汚染水の海洋放出が始まった。汚染水は放射性物質を取り除く処理をした後の安全なものだと政府は喧伝するが、その一方で薄めるから大丈夫だともいう。つまり薄めなくてはいけない物が存在していると言っているようなものだ。

実際、放射能汚染水に含まれるトリチウムはどんな処理をしようと取り除くことは不可能だ。トリチウムには染色体異常を起こすことや母乳を通じて子に残留することが動物実験で報告されている。トリチウムに被爆した動物の子孫の卵巣に腫瘍が発生する確率が5倍増加し、精巣や卵巣の縮小などの生殖器の異常も観察されている。

発癌や不妊、胎児の奇形、流産などの今までとは比較にならないほどの増加をもたらす可能性のあるもの。

「放射線の影響か」

洋三は呟いた。

＊

2、3日して、近藤がまた外来に顔を出した。
「おい、結構大変なことになってるぞ。同期とか昔の同僚の心当たりを少し当たってみたんだが、全国的な傾向のようだぜ。ただ、F県と、隣り合うM県、T県、I県では特に酷い。セラフィールド核廃棄物再処理工場のあるイギリスや、ラアーグ再処理工場のあるフランス、チェルノブイリのあるウクライナじゃかなり前から指摘されて、議論の俎上に載ってはいたけど、日本ではマスコミなどにも取り上げられないまま今に至っている。F県の原発事故の後も巨大なひまわりや、いくつかの花が合体したようなひまわり、野菜や果物の奇形、小動物の奇形などの映像もインターネットでは見かけるが、大々的な報道はない。世代交代が早く数世代の遺伝子異常が把握しやすい昆虫の追跡調査も放射線の影響を示唆している」

「昆虫？」

「ああ。例えばヤマトシジミ。R大学の準教授が原発事故の2カ月後にF県、I県、T都など10地域で成虫144匹を採取したところ、7地域の12%で羽根が小さい、目が陥没しているなどの異常がみられ、子の世代では18%に異常、孫の世代では34%に異常が見られた。こうした異常は放射線量が高い地域ほど多く、死ぬケースも目立ち、F県内では特に死ぬ確率が高かったそうだ。稲や猿などの遺伝子異常を解析した報告もある」

「ということは、最近の悪性腫瘍の発生増加は放射線障害で間違いないと近藤も思っているわけか」

洋三が後をうけた。

「チェルノブイリとF。チェルノブイリの時は爆発後の破壊された原子炉の映像が衝撃的だったし、その後の決死隊による後始末の映像も後にYou Tubeなどで見ることはできたが、何せ遠い異国の出来事という感じで、報道も国民の関心も一般にはあまり共有されなかった。対岸の火事で、有識者や一部の市民団体の人達以外、あまり省みようとはされてこなかった。

意図的な隠蔽もあったのかもしれない。チェルノブイリ原発事故による放射性物質を含んだ大気が、風や雨に乗って全世界に降り注いだというのに。事故後、北海道の畜産物、牛乳なんかにも放射性のセシウムが検出されていたことを、知っていて広報していた心ある研究者や市民運動家なども少数あったが、大方の国民は無関心だった。大手メディアの報じないことは目にも耳にも入らず、だから頭にも心にも届かない。なかったことにされてしまう。国ぐるみの隠蔽といってもいい有様だ。チェルノブイリ周辺では、事故後4年あたりから、小児の甲状腺癌が増え始め、チェルノブイリにほど近いベラルーシなどでは「チェルノブイリネックレス」と呼ばれる甲状腺手術の傷跡を首につけた大勢の子どもたちがいるというのに、だ。

放射線の影響は半永久的に消えない。それに加えて今度はFだ。事故現場が国内であること、距離の近さもさることながら、4基もの原発がいかれたんだ、まき散らされた放射性物質の量はチェルノブイリの比じゃない」

チェルノブイリの原発事故は1986年4月26日。当初から直接の被爆による放射線障害と、飛散した放射性物質による広範囲な放射能汚染による放射線障害の危険は言われていたし、実際ウクライナのチェルノブイリ周辺の小児甲状腺癌発生は多く、日本人医師のボランティアによる甲状腺手術も多数行なわれている。

1992年には、事故当時のソ連共産党政治局中央委員会の特別対策グループに、子どもを含め多数の急性放射線障害の報告があったことを示す秘密文書が暴露された。

1996年4月にIAEAなどの主催で開かれた「事故後10年総括会議」では甲状腺癌の増加を除き、事故による被爆の影響は認められない、と結論されたが、同年のベラルーシ国立科学アカデミーからは、汚染地域で内分泌系、血液、造血器系疾患、新生児の先天性疾患の発生率増加が報告されている。ベラルーシ南部のゴメリ州では、1991年以降の小児甲状腺癌の発生率は、世界平均の１００倍を超えている。

同じことが、Ｆはじめ、日本の至る所で起きるはずだ。被爆から比較的早期に発癌に至る甲状腺癌や白血病、肺癌などはすでにはっきりと増加の傾向を示している。発症にやや長い年月を要する胃癌や大腸癌、その他の臓器の癌や、次の世代、さらに次の世代といった将来の子孫に対する影響が顕性化してくるのはこれからだろう。放射線によるＤＮＡの損傷は遺伝子レベルでの異常を起こし、奇形や生殖障害、発癌など、生命存続を脅かす障害を幾世代にも亘って引き起こす可能性があるということだ。


近藤が言った。

「とりあえずは同窓の伝《つて》を頼りに全国的なデータを集めてみる。それをどう使うかは、結果がそろってからだな」


日本という国は、その狭い国土に世界でも有数の人口を抱え、食料自給率はカロリーベースでは30％台後半。豚肉や牛肉、鶏肉など個別の食品別では40〜60％ほど。残りは輸入に頼っている。欧米では禁止された農薬使用のために自国では消費できない汚染された食物が全世界から日本に集まってくる。

30年近く前、カップラーメンの器の内側や、缶詰や、缶コーヒーの缶の内側に防錆のためにコーティングされる物質の環境ホルモンとしての振る舞いが取りざたされ、日本男性の精子数が欧米人に比べ極端に少ない、ということも問題になったことがあった。

そんな中に今度は大量の放射能汚染。肥料や除草剤などの農薬や化学物質、放射能による食品汚染、水、空気、土壌などの環境汚染、それら環境汚染による人間を含む動植物、農畜水産物の汚染、それらを食物とする人間を含む動物の体内での汚染の濃縮。結果は火を見るよりも明らかではないか。


1週間ほどして洋三はまた近藤の訪問を受けた。

「このグラフを見てくれ、こんなだぜ。どうしてこんなのが今まで問題にならなかったんだろう。誰かが気づいてたってよさそうなものだが。いや、気づいていなかったんじゃない。知っていて知らんぷりを決め込んでいたんだ」

そこには3年前から急カーブを描いて上昇するさまざまな癌の発生率を示す折れ線グラフが描かれてあった。

「これはほんの一部だ。今、必死で資料を集めているが、纏めるのに少し時間がかかる。お前のほうはどうだ?」

洋三は、ここ1週間でチェルノブイリ周辺の発癌状況に関する資料をあたっていた。それは、当初の予想を超えてはるかに悲惨なものであった。

事故後4年程ですでにその影響は出始めており、甲状腺腫、甲状腺癌、白血病は若年者ほどその発生頻度を増していた。それは、若い細胞、言葉を換えると分裂の盛んな細胞ほど、つまり、若い世代ほど放射能に対する感受性が高いことの証である。

チェルノブイリ周辺、さらには、イギリスのセラフィールドやフランスのラ・アーグの使用済み核燃料再処理施設周辺では、小児白血病の発病率が国内平均を大きく上回っている。それにもかかわらず、それら小児の癌発症増加の原因は不明、まして放射能汚染との因果関係は不明とされているのだ。まったく不合理と言わざるを得ない。

これが日本では、Fの事故が起こり、F周辺で生活する子どもたちの甲状腺腫瘍が明らかに増えている事実を突きつけられても、政府もT電も、医学界でさえも、いまだに放射能汚染との因果関係を認めようとしないのだ。

近藤と洋三の資料、データ集めと分析が進み、論文として発表するための準備も始めた。

夏の鬱陶しさも衰えを見せ始めた頃、洋三の周囲に微かな変化が起こっていた。

近藤には、前々から研鑽のために渡米したいという意向があったのだが、ロサンゼルスのメディカルセンターへの留学の話が持ち上がった。

事情で行けなくなった1年先輩の医局員のお鉢がまわってきたのだが、それには一つ条件がついていた。今データにしていることを未発表のまま闇に葬れというのだ。

この調査には大学の図書館経由で他大学その他の論文を検索したり、各医局のデータおよび調査にあたって医局員への働きかけをしていたから、調査内容が大学当局の知る所となるのは時間の問題だったのだろう。

大学というのはひどく保守的な組織であるとは思っていたが、体制にとって都合の悪いことは抹殺される、などということがあるのだろうか。純粋に学問的な研究でさえ圧力がかかるということが……。

近藤は迷っていた。

*

近藤から洋三に呼び出しがあった。いつものスナックで待ち合わせ、少し飲むと、近藤が洋三の予想もしなかったことを口にした。

「おれは降りる」

その表情は何とも形容し難いほど苦渋に満ちていた。そんな近藤のようすを見ていると、近藤に焚きつけられる格好でこの調査を始めた洋三だったが、不思議と怒りは感じなかった。

「どういうことだ?」

「来年早々、アメリカへ発つ。……そういうことだ」

同じ医学の世界に住む洋三にとって、説明はそれで充分だった。

もっと言えば、餌と引き換えに口を封じられるのはまだいい、有無を言わさず社会的に抹殺されても不思議がないのが今の世の中なのだから。ただ、近藤の良心の中では、生涯傷として残るだろう。それを思うと、目の前の近藤が哀れにさえ思われた。

近藤はしかし、完全に諦めたわけではなく、集めた資料の全てと分析結果を洋三に託すと言った。

「すまんな。しかしおれはなんでもする。表だっては何もできんが、協力は惜しまない。骨のある奴も紹介する。だから、何とかこの事実を白日の下に晒してやってくれ。アメリカでは世界的レベルの資料が集まると思うから、そいつを逐一お前に送るよ」

近藤の言葉はしかし洋三の耳には木霊のように空しく響いていた。

＊

まもなく、洋三も大学の医局に呼び出された。

（そろそろ、おれの足元にも火が付いたかな）そう心の中で呟いた。

医局の前の廊下に立ち、一呼吸すると勢いよく扉を引いた。懐かしい匂いがした。

「よう」

そこに居合わせた皆に声を掛けられ、洋三は何となく眩しさと戸惑いを感じた。

洋三に気づいた医局の秘書の「医局長がお呼びです」という声で我に返った洋三は、同期の植村が心配そうな顔をしてこっちを見ているのに気づいた。

もの問いたげな植村の視線をよそに、洋三は医局を出ると、医局長のいる研究室へ向かった。

「失礼します」

声をかけ、中に入ると医局長は柔和な表情を浮かべ、窓際の机に座っていた。

「どうだい、南台のほうは？」

「まあまあです」

洋三がそう答えると医局長の顔が急に険しくなった。

「あれだけの仕事をして、まあまあはないんじゃないかね」

それだけで何のことを言っているのか、何のために今日呼ばれたのか、洋三にはわかった。

「治療成績なり、遠隔成績なりの統計をとるのは大いに結構だ。君を南台にやった甲斐があったというものだ。しかし、方向を間違えちゃいかん。君の業績評価の上でマイナスにしかならんよ。若い時には、いらぬ正義感に駆られて下らんことに首を突っ込んではみるが、結局は道草だったということが往々にしてある。……ところで、君の科研費の申請をしておくが、異存はないね。書類を沢樹さんから受け取っていってくれたまえ」

（これが餌か）

洋三は心の中で思った。

科研費というのは文科省が所管する科学研究費のこと。研究者を目指す若い学者にとっての登竜門のようなもので、七面倒くさい実施計画書や自身の業績などの書類審査によって国からもらう比較的高額な研究費のことだ。金額は別として、科研費をもらうということは、研究者としてのスタートラインに立ったと認められたことになる。当然審査は厳しい。表向きはそうではないが、体制に反するような節があれば、弾かれる可能性だってあるかもしれない。それを考慮せよというのだろう。

軽く会釈をして医局長のいる研究室を出た。

ドアを閉めたところで、心配そうな顔をした植村に気づいた。

＊

「おまえはもう少し利口な奴かと思っていたが」

植村が言うことはもっともだと思う。俺だって好きでやってるわけじゃないさ。そう言いたかったが、洋三は口を噤《つぐ》んでいた。

「どうするんだ？　これから。科研費のこともあるだろう」

その時ふと、洋三の胸にある考えが浮かんだ。

（この男は、本当におれのことを心配してくれてるのか。ライバルが1人減ったと喜んでるんじゃないのか。そこまで思わなくとも、外野から面白がって見ているだけじゃないのか）

そこまで考えて身震いした。近藤の挫折（変節というべきか）で多少とも人間不信に陥っていたのだろうか。

　同時にこうも考える。

（この時点で調査を取りやめるというのは、研究者として怠慢だろう。調査、研究を続けて立場が悪くなるか、どちらにしても研究者としてダメージを被《こうむ》ることに変わりはない。どうせ研究者として抹殺されるのなら、やるだけやってみるさ）

　本心というよりは、ふと湧いた植村への不愉快な気分のせいで半分捨鉢になってそう考えているうちに、自分自身の心が定まっていくのを感じた。

「頑張れよな。しかし惜しいと思うぜおれは」

　それには触れずに
「かみさん、元気か？」

　洋三はそう訊き返していた。

「ああ。今度子どもが生まれる。おまえが羨ましいよ、無理ができる」

　それを聞いて洋三は、先刻この男のことを腹黒く勘ぐった自分がひどく嫌らしい人間に思えた。

　大学の正門を出ると、国道に続く銀杏並木の葉っぱがすでに黄色くなり始めていたことに初めて気が付いた。

六　使用済み核燃料再処理施設

使用済み核燃料再処理施設の試験運転にゴーサインがでて2週間後、早くも施設の不具合が発覚した。

旭原燃サービスの使用済み核燃料再処理施設長である香坂俊郎のもとを、弱り切った表情の現場責任者である保科正和が訪ねた。

「所長、液状ガラスと使用済み核燃料処理物質混合の攪拌棒がまたもや停止したまま動かせません」

「またか。その問題は解決したんじゃなかったのか」

「書類上は改善策が講じられ、問題ないことにはなっていますが……」

歯切れが悪い。

「馬鹿かお前は。書類上はいつでもなんでも問題はないんだよ。じゃなきゃ、審査なんて通るはずないだろうが」

「……」

「実際はどうだったんだ?　ふつうに使えるくらいにはなったんじゃないのか?」

「いえ、ガラス固化体製造時の加熱が思うようにいきません。根本的な構造の問題で、今のままの炉では、ガラスと使用済み核燃料を溶融可能なほどの高温までは温度を上昇させることができません。これに対処するためには、新たに炉を製造しなおすしかありません。そもそもこの技術は確立されたものではなく、理論上は可能かもしれないという、いわば机上の空論、絵に描いた餅とも言うべきものでしたから」

「馬鹿野郎、今更何言ってんだ、そんなこたあ百も承知でやって来たんじゃねえのか。そもそも形だけでいいんだよ。たとえ出来上がった代物のガラスとブツの混ざり方が不均一でも、放射能を閉じ込めることができなくても、形だけキャニスターに収まってるふうになってりゃいいんだよ」

「ですが……」

「そんなことすらできねえってのか？　なんとかしろ。そのまま貯蔵施設に収めちまえば放射能が漏れようが、キャニスターが腐ろうが、知ったこっちゃねえんだよ。問題になる頃には、おれたちはもうここにはいねえんだ」

＊

ガラス固化の作業工程は遅々として進まず、にっちもさっちもいかなくなって久しいが、２０２０年11月11日には、ＭＯＸ燃料工場地下の鉄筋1万９３００本のうち、３１００本にＪＩＳ規格の「伸び」の項目で基準を下回っていることが判明した、というニュースもあった。

ＭＯＸ燃料加工工場は２０１０年10月に着工され、２０１３年から組み立てが始まったものの、審査のために2015年10月から工事が中断、腐食対策は2017年から行なわれたが、その間、2年近くも強い海風の中で雨曝しになっていたことになる。そういう状態で置かれた鉄がどうなるか、小学生でもわかるだろう。

2020年11月11日には、建設再開に向けての調査で、地下三階にある鉄筋約3100本が腐食していたことが、原子力規制庁との面談録で判明している。原燃はその後腐食した鉄筋を全て交換し、他の鉄筋についても調査を進めるということであったが、発覚時点まで調べが済んだところまでで3100本、その後調査が進めば、腐食鉄筋の数はさらに増えると予想された。

＊

「おまえら、そんなことで大丈夫なのか？　お前らが相手にしようとしているものは、放射能をまき散らす核物質なんだぞ」と高梨なら間違いなく突っ込みをいれただろう。

こんな不祥事でも唯一いいところがあったとすれば、それは再処理やMOX燃料を使った発電の商業ベースでの利用がまた少し遠のいたことだ。しかし、それでも危険な核廃棄物が大量に貯蔵されていることに変わりはなく、今後もこれまで海外に処分を委託していた核廃棄物が次々返還されてくることになっている。それこそが最大の問題なのだ。安定した地層を持たない日本のどこに最終処分地を見つけようというのだろう。

その処理済とされる放射性廃棄物には日本から委託されたものだけではなく、同じ再処理施設に処理を委託した各国の使用済み核燃料が混在している。そもそも、それぞれの国の使用済み核燃料ごとに厳密に分けて再処理するなんてことは不可能なのだ。

しかも核廃棄物の再処理の後には、さらに高レベルの核廃棄物ができる。原発は無限のエネルギーどころか、無限で最悪の核ゴミサイクルを生み出している。

欧米から遠く離れ、四方を海に囲まれた日本は核のゴミ捨て場としてもってこいだ、と欧米人は考えているのだろう。

さらに、2021年には、中間貯蔵施設（当初からの政府の説明では、断じて永久処分場ではないはずだ）としての位置付けのはずの施設に、当地には縁《えん》も縁《ゆかり》もないアジア電力の原発で保管している使用済み核燃料を運び込み保管する、という方針が発表された。

県に理解を求めて対話する旨の発表だが、対話と言っても、受け入れの意思についての打診ということだろう。そして打診と言ってもほぼ決定されたものとみていい。いつもの「金と権力に物を言わせて無理を通す」政策だ。

当時の県知事は元官僚で、1期目の選挙で反原発を主張する弁護士でもある候補に対する刺客候補として参戦し、接戦を制した。政府の方針には従順な施政でその後5期にわたって県政を執った。その間、建設やサルベージなどを請け負う会社が、広大な敷地内の施設建設や港湾整備事業の一端を請け負い、潤った。

「国に鼻薬を嗅がされたか、恫喝されたか、その両方か知らんが、この関連の事業は打ち出の小槌になっている。

若いM市の市長はとりあえず異を唱えているが、政界古狸の利権がらみの知事やこの地方選出の国会議員にどこまで抵抗できるものか……。いや、抵抗する気さえ端《はな》っからないのかもしれない。抵抗したふり、やったふり。選挙対策にはとりあえずそれでいい。という可能性だってなくはない。M市市長の誠意には期待したいが……」


高梨は、核廃棄物の中間貯蔵施設や核燃料サイクル施設などのあるA県のM市を時々訪れる。M市の近くには2008年5月に着工され、2011年の東日本大震災のあと一旦工事が中止されたものの、2012年10月1日に工事が再開されたフルMOX燃料による発電を行なうO町のO原発もある。

豊富な農水産資源に恵まれたこの地をどうして核のゴミで埋め尽くすのか。

ここから食料の供給を受ける他地方の人間にとっても、核のゴミの問題は、他人事ではないはずなのだ。

とんでもないど田舎だが、海と山と空と空気と水だけはきれいで、魚も肉も野菜も山菜も米も林檎も空気も水も美味いのだけはどこにも負けないA県。だがこのままでは放射能で汚れた海と魚、汚れた土で育った牧草と汚れた水で育つ牛、汚れた土壌で栽培される米や野菜や林檎……。汚れた空気、汚れた水で溢れた不便な僻地としての、核のゴミ捨て場にはピッタリの土地、ということになり下がりはしまいか。政府寄りの為政者と目先の金に目が眩んでその先の未来を見ようともしない一部の県民。金には無縁ながら、核の脅威の存在すら知らない、無関心な県民。

対岸のH道、H市ではO原発建設反対の住民の運動が盛んだ。原発や核関連施設建設によって補助金や保証金を受け取り、一時的にでも潤うのはA県M市やR村、O町だが、O原発から海を挟んで近距離にあり、同じように放射能汚染被害を受ける危険ばかりでなんのメリットもないH市にあっても、烏賊やカニ、ホタテ、ウニなどの海産物が放射能汚染されたり、売れなくなるのは同じだから、建設反対の機運が高まるのは無理もない。A県民とH道民が協力して国や県政、道政に働きかけていけたら、事態はいくらかでも好転するだろうか。

A県では、自分たちの生活しているところが核のゴミ捨て場にされ、使用済み核燃料再処理サイクル事業やプルサーマル発電（使用済み核燃料から再処理で取り出したプルトニウムと、ウランを混ぜて混合酸化物燃料に加工し、現行の原子力発電所で使用して発電すること）や、世界最悪と言われるフルMOX燃料（炉心内のプルトニウムが80％を超える）による原子力発電施設さえ稼働を進めようとしている。

「一度《ひとたび》事故が起きると地球の北半球が全滅、地球全体に汚染が拡がると危惧されている施設建設の計画をこのまま進めていいのか？　ちゃんと考え、いろんなことを知ろうとしてくれよ」

高梨は、豊かな自然と高い食料自給率を誇るA県に思いを馳せる時、いつも悔しさや憤りと共に情けなさ、悲しさ、絶望感といった感情に襲われる。それでも原発の稼働や、核燃料サイクル事業についての反対運動を細々と続ける市民団体と定期的に交流を持っていた。官憲を通じた政府の弾圧はひたひたと迫っており、市民団体の活動もどこまで生き残っていけるのやら、見通しには暗澹たるものがある。

*

O町のO崎に立って、気を抜くと吹き飛ばされそうになる年中吹いている強風に抗いながら、目の前に拡がる深い碧色の海を眺めていると、このかけがえのない海を放射性物質で汚す邪《よこしま》な人間を許せないという強い感情が湧いてくる。ともすれば挫けそうになる自身を鼓舞するためにも、高梨はこの地を度々訪れるのだ。もちろん、再処理施設や中間貯蔵施設建設の進捗状況をつぶさに見、記録する、という大きな目的があることは言うまでもない。

「高梨さん」

風音にかき消されそうになりながらの大声の呼びかけに振り返ると、そこには地元の青年団の中では少数派の原発反対の苫米地一夫がいた。

彼は一般の新聞などのメディアではなかなか取り上げてもらえないことを掲載するために自らが機関誌を発行している。と言って書きたいことをなんでも書けばいいというわけではもちろんなく、記事にするためにはきちんと調査や取材、検証をしなくてはならない。原子力利用については特に力を入れて調査をしている。有識者とも連絡を取り合って教えを乞うている。

「やあ、苫米地さん。ご無沙汰していました」

「いやいや、会ってるほうですよ。この過疎の村では」

「はは、そうですか。私の行動範囲は熟知されている、ということですね」

「アジア電力の話、聞きましたか？　ひどいもんです。ここはまったく縁のない電力会社がなんでここまで核のゴミを持ちこめるんだか、まるで筋が通らない。国民はおろか、A県民、S圏域の住民でさえ無関心だ。というよりあまり情報を与えられないから、どこで何が起きてるかなんて知りようがないんだ。もっと判断材料を晒して、よく話し合えば、恐ろしく危険でおかしな話だって気づくことも多いと思うんだが、住民は蚊帳の外に置かれてるもんだから、全く話が通じない。もっと質《たち》が悪いのは札束に目のくらんだ奴。そいつらが、向こう側の旗振り役をつとめるんだ、まるで幇間《たいこもち》ですよ。しかも奴らは、時には住民に対し恫喝的な行動に出ることさえある。もうやんなります」

苫米地の言うことは国中の原子力政策全般に共通したことだった。原発だけじゃない、憲法改正だの、山林の保護に関する法律だの、何でもおんなじ構図が見える。

伐採した後の山林に植林する必要はないなどというふざけた法律がいつの間にか通ってしまったせいで、日本中のあちこちの山が禿山になっている。土砂災害の頻発、大規模化は当然の帰結だと言える。憲法は解釈改憲でずっと欺瞞に満ちた政策をやってきたが、いよいよそんな小手先の屁理屈や小細工ではどうにもならなくなった。とうとう自衛隊を軍隊とする、国民には人権などなく、有事には躊躇なく戦闘状態になだれ込める、などという日本が第二次世界大戦に突っ込んで行ってしまった時のような改憲が行なわれようとしている。

戦後80年以上経って、またもや時代をさかのぼるような話だが、世の中には軍靴の音が響いている。


「今晩の勉強会には出席されますよね」

「ええ、そのつもりです」

「宿はいつものところですね。では夕方お迎えにあがります」

そう言うと苫米地は乗ってきた軽トラのほうへ戻って行った。

日本中、あんな青年ばかりなら、日本はもっと住みやすい国になるだろうに。

高梨は苫米地の背を目で追いながら心の中でそう思った。

＊

S半島、半島と言っても、A県全体のほぼ三分の一を占めるほどの大きさだが、この半島沖の大陸棚外淵には巨大な断層が横たわっており、数百から千年単位で非常に大きく動き、巨大な地震が起きる。そのたびに大津波がおしよせ甚大な被害をもたらしてきた。

その痕跡は、津波の跡や、断層としていたるところで見ることができ、大津波の伝承としても残っており、その歴史的事実を知ることができる。たとえそれほど巨大な地震は数百年に1度でも、マグニチュード7、震度5程度のそこそこの大きさの地震なら数年から数十年に1度起きている。震度3〜4程度の地震なら日常的に起きている。そのことを原子力規制委員会や政府、各電力会社、日本原子力研究開発機構などは、どのように考えているのだろうか。

それら企業の幹部らは関東地方に住まい、東北や甲信越で作られた電気の恩恵を受け、現場の指揮、運営は少数の中堅社員と下っ端に任せ、作業は数次の下請けで行なうという、高みの見物だから、事故や不具合が起きても痛くも痒くもない。

現場の中堅社員だって、何年か勤め上げれば、多額の報酬を蓄えて本社に帰る。だから、実際に事故が起きた時にはもうそこにはいないのだと、高をくくっている。

ただし、原発はじめ核関連施設で一旦事故が起きれば、放射能汚染は周辺地域だけではなく、その影響は日本国中、さらには世界的にも影響が及ぶということに、鶏の頭ほどの脳味噌しかない（振りをしている）電力会社幹部、政府高官には理解できないのだろう。

遥か昔に原発や核燃料サイクル施設建設に反対する市民団体らが、それらの建設中止を求めて提訴し、裁判所に提出した資料には、全国の断層の所在とともに、S半島一帯の活断層を記した断層マップともいうべきものが存在する。それらの資料で明らかなように、原発やサイクル施設の地下にはたくさんの活断層が存在する。建設計画の段階で明らかであった活断層の存在はことごとく無視され、なかったことにされているのだ。

どこが安心、安全だよ。「安心安全」という言葉はよく耳にするが、この言葉にはいつも不快感を感じる。そもそも安心するのは受け手すなわち客体である人間で、一方安全なのは行為を為す者とか物、施設、農水産物など受け手に作用する主体について言う言葉だ。主体と客体を同列に並べてしまうことがどうにもいかがわしさを醸し出している。作文する官僚や役人たちは、ちゃんと国語を勉強してるのか？と心の中で悪態をつく。

欧米では使用禁止となったのに日本では依然として使用が許され、ＤＩＹショップやホームセンター、ドラッグストアなどで安価で多売されている農薬まみれの遺伝子組み換え農産物を安心安全といい、危険だらけの原発やサイクル施設を安心安全という言葉で煙に巻いてしまう胡散臭さ。行政の使う言葉はいつも同じ匂いがする。

日常のマスコミの報道では、原子力政策に山積された問題に関してはほとんど言及されない。これほどはっきりした言論統制はないだろうに。

戦前から戦後に起こった価値観の１８０度の転換や戦後の没個性の教育、一方的に与えられる情報によって育った多くの物言わぬ羊たち……、この日本ではもはや疑問の声さえ上がらない。

夕方から催された原子力発電と核廃棄物の再処理に関する問題点についての勉強会に出席した高

梨朔は、これまでに判明した新たな問題点についての講演をした。

建設が頓挫していた中間貯蔵施設の鉄筋の腐食問題、錆びた鉄骨の本数、状態、修理の可否、修理にかかる費用、建て替えとなったら必要となる予算、事業撤退の可能性とその際の費用、その際に派生する違約金などなど。


その後に続く質問や解答の時間には活発な意見交換がなされた。

会合が一段落ついて、会場となった集会場で行なわれる懇親会に出席していても、高梨はどこか虚しさを感じていた。

ここに集まってくれる人はすでに個人で勉強しているし、国の原子力政策に疑問を持っている人たちだ。本当に出席して話を聞いてもらいたい人たちは、無関心のままなのだ。どうしたらもっと関心と知識を持って、原子力政策を巡る過ちに気づいてくれるだろうか。それでも苫米地君のような若者もいる。できることから少しずつ、地道に啓蒙していくしかないのだが、果たして間に合うのだろうか。

核廃棄物の問題はトラブルの先送りだし、F第一原発の問題に至ってはまったく処理の目途が立っていない。いずれまた、そう遠くない未来に地震がくる。地震がなくても、崩落したF第一原発の炉心（もはや炉心とさえ言えない）冷却のために増え続ける放射能汚染水や全国の原発に貯蔵されている使用済み核燃料などの核廃棄物は、貯蔵設備も不完全なままでは数十年で老朽化するだろう。

その時、人間はどう対処するのだ。否、人間に対処できるわけがない。プルトニウムの半減期は2万4000年だぞ。それまで、人類はもつのか？　いいや、もつわけがない。

高梨はまたもや暗澹たる気持ちになるのだった。

七　洋三と高梨との出会い

洋三が出身大学の医局に呼び出されたあの日、見事に黄色く色づいた銀杏並木を抜けて大学の正門を出るとまもなく、1台の黒塗りの自動車が近づいてきて、洋三の脇にならんだ。

「少し乗ってもらえませんか？」

後部座席に座る品の良い、それでいてただ者ではない感を醸し出している紳士に窓越しに声を掛けられ、洋三は一瞬迷ったが、相手の気迫にはどこか抵抗を阻むものがあり、自身の好奇心も手伝って車に乗り込んだのだった。

車は市の中心街を抜け、小一時間ほど幹線道路を走った。車の中で洋三は、彼らが一体何者なのか考えていた。

紳士が言う。

「私は決してあなたの仕事が無意味だとは言わない。むしろ非常に貴重な洞察だと思う。だが、放射能についてあまり知識のない一般の人たちに対して公表して良いものだとも思わない。現実を知って、現状が改善されますか。どうにもなりません。無知な人たちは自分たちの理解を超えた命題をつきつけられて右往左往するだけです。あとは私たちに任せてもらえませんか？　悪いようにはしません。

あなた方にもわかっていたと思いますが、この問題に誰も気づいていなかったわけではない。問題の起こった時からすでに、環境や住人を含む生物に対して厳しい監視は続けられていました。そしてそれが、明らかな方向性をもって動き出した時、つまり発癌率の上昇や、奇形などの遺伝子変異の発現、流早産の増加などにも的確に状況を把握していた。発表されないだけです。そしてこの方針は今後も変わることはありません」

「じゃあ……」と言いかけて洋三は、しかしことばを発しなかった。言っても無駄だと思った。そして不思議なことに、この紳士の言うこともっともだと思っている自分がいた。

紳士の話の概略はそんなようなことだった。

洋三が無言でいるのを了解したものとして紳士は、

「どこまでお送りしましょうか？」

と会談が終わったことを示した。

市内に入ったところで車を降りると、洋三は歩きながら少し考えようと思った。

先刻の紳士の言ったことはわかる。だがそれではいけない。待っていて誰かがどうにかしてくれるのか。安っぽい正義感などではない。危機感として迫ってくるのだ。と思ってみたが、実態の公表により一般の国民をパニックに陥れることが、紳士の言うように賢いやり方でないのも事実だ。科学者としての良心と、大人としての良識の間で洋三は悩んだ。

見慣れた通りまで歩いてきて、ふと、ある書店の前までくると、特に何を目当てにしたわけではなかったが、自然に足は店内に向かい、写真集のコーナーに立ち止まった。

写真報道誌に混じって置かれたチェルノブイリ周辺のその後をテーマにした写真集が目に留まり、何気なく手に取りページを繰ると、そこには悲惨な現状が写し出されてあった。

目のない豚、頭が2つの牛、変形だらけの野菜、いくつもの花が融合した巨大なひまわり、喉元の腫れた（言うまでもなく甲状腺腫である）子ども、あるいは喉元にチェルノブイリネックレスと言われる甲状腺に対する手術痕をつけた大勢の子どもたち、父祖伝来の地を離れることができずに、自分の食べる分だけを家の前の畑で作ったジャガイモを掘る老婆……。

この写真集は何年も前に刊行されたものだが、依然として店頭に並んでいる。ということは、このことに関する一般の関心の低からざることを示すものではないだろうか。そしてその内容は、今なお衝撃的である。

チェルノブイリやF第一原発の事故による放射能の直接的影響がこの日本、世界中にあるのだという恐ろしい現実をどうして広く知らしめてはいけないのか。知らせないことは国民を裏切ることになるのではないか。否、きっともう皆はようく知っているのかもしれない。どうしようもない、ということを知っていて、だからこそはっきりと念を押されるのが恐ろしくて、知らんぷりを決め込んでいるのだ。そんな気がした。

洋三は自分の無力さを痛感していた。

*

そんな洋三も、原発を巡る問題と自分との向き合い方をはっきり決めさせる出会いがあった。

洋三は、A県M市にある、核燃サイクル基地周辺の疫学的調査を地道にやってきたグループの機関誌に発表された、高梨という人物の著した記事を目にした。

1989年にも、F原発労働者の染色体調査で正常人の2倍の染色体異常が認められたとの報告があった。再処理施設や、フルMOX燃料の原子力発電所労働者における放射線被爆は、これまでの原発施設などでおこったものより遥かに過酷なものになると予想される。

施設はまだ試験運転の段階にあり、トラブル続きでその分トラブル箇所の修理、点検のため、無用な被爆が増えたとも言える。だが、本格稼働前であるため、全体としてみれば施設従事者の被爆はまだ抑えられている。職員における発癌や、周辺住民の発癌率の増加としてはまだ現れない。例えば、胃癌の進展は、早期癌から進行癌になるまでは年余にわたると言われる。しかし、最も放射能に感受性が高い、つまり細胞分裂の盛んな生殖腺では、放射能の影響が出やすい。生殖腺に対する放射線被爆で生じたＤＮＡの損傷による胎児、新生児の奇形と、流早産、死産という最も端的かつ悲劇的な結果を見ることになるのかもしれない。同じように、細胞分裂の盛んな若い世代、とりわけ子どもたちには、今後大きな健康被害が出ることが懸念される。

当局は、当然ながら核燃サイクル施設と、施設労働者や住民の健康被害との関連性には明言を避けている。否、関連性について否定的な見方さえとっている。しかし、論理的に考えるなら、高濃度の放射能被曝の可能性の高い核燃サイクル事業関連施設従業員とそのＤＮＡ異常とは因果関係があると判断するのが普通だろう。

詳しい話を聞こうと洋三は、伝手をたどって記事を書いた高梨という人物を探し当てた。都内に住む高梨と連絡を取り週末の約束を取り付けて、洋三は日曜の早朝、新幹線で東京へ向かった。

高梨は、反原発の立場から市民団体主催の勉強会で講演をしたり、多数の著作など、全国を股にかけて精力的に活動している、その世界では有名な人物だった。

「佐伯さんですか？」

高梨は洋三よりかなり年上のはずだが、浅黒く日焼けしたなかなか精悍な顔つきの初老の紳士だった。洋三の父親より少し若いくらいか。

「わざわざ、お出迎え下さって申しわけありません。初めまして、佐伯と申します」

「高梨です。遠いところわざわざありがとうございました」

「こちらこそ、お時間を頂戴して申し訳ありませんでした」

「いやいや、記事にご興味を持っていただいてこちらこそありがたいことです。私は高梨朔といいます。文筆家、というか、原子力発電や使用済み核燃料のリサイクルなどについて反対して、物を書いたり、日本中あちらこちらで講演をしたり、反原発運動に及ばずながら手を貸したりしているものです」

「ああ、そうでしたか。どうりでどこかでお顔を拝見した気がしました。私はF県の病院の小児科の勤務医で、チェルノブイリやF第一原発の事故後の白血病や甲状腺癌などの小児癌の増加について調査、研究しています」

「お互い、原子力の問題に関わっている、ということですね」

「ええ、先生が発表された、M市の再処理施設で働く人やその家族、施設周辺の住民の健康調査の結果、多くの住民のDNA異常や流早産、死産、奇形児出産が増えている可能性があるという記事には衝撃を覚えましたが、正直、やっぱり、という思いもありました」

洋三たちの普段の研究における業績は、学会を通じて医療関係者に問いかけるだけのものだ。しかし、今度の高梨の発表は、メディアを通じて一般の人々に直接、事の重大さを知らしめることになる。その意味で今回の発表は意義が大きい。

洋三は高梨から記事についての詳細な説明を受け、データの入手方法の確認を行なった。

高梨はずっと原発やサイクル事業の不毛と放射線の被爆による障害について追及しており、今回の記事はその成果の一部だったという。佐伯の医学的見地からの調査資料とも突き合せてみると、放射線被爆の実態がよりリアルに浮かび上がってくる。洋三と高梨はしばらく資料を前に現実の問題を分析した。事実と問題点、今後の調査の進め方などを確認すると、今後も情報交換を続けることを約束して別れた。

洋三は翌日からの仕事に備えるため、Ｆへ帰るための最終の新幹線に乗った。

新幹線の座席に落ち着くと、高梨にもらった記録のコピーに目を通してみた。

高梨は数年にわたって詳細な調査を進めていた。その足跡が逐一記録されており、今回の記事が真実であることをそれらの字句は証明していた。

高梨の取材先として何度か出てくるＳという人物は、旭原燃サービスの技術主任であるらしかった。また、フランス人の名前らしいものと、耳慣れた外国人名や、書籍やメディアでの発言も見える数人の名前も記載されている。資料を読み進めるうちに、これらの取材は、原燃内部の告発者がいなければ成り立たないものだ、という印象を強くした。

闇の中をひた走る新幹線の車窓には、間欠的に通過駅の照明が飛び込み、トンネル通過の際には突然衝撃音が響き、そのたびに洋三を驚愕させた。まるで、今の日本の状況じゃないか。原子力政策という先の見えない闇の中をひた走り、時に原子力に関する事故による強い衝撃を受けながらも、それらを一瞬の出来事として通り過ぎてしまう。洋三はそう感じるのだった。

八　怪死

街の並木の銀杏も葉をすっかり落とした頃、東京に戻っていた高梨の下に2つの知らせがもたらされた。

ひとつは原発の闇を巡って高梨と共に取材を進めていたある良心的な地方紙の藤原昭二記者がA港中央埠頭で溺死体となって発見されたというニュース。

もうひとつは、藤原記者の遺体発見と相前後して、A県のサイクル事業で現場の技術主任をしている嶋田浩一の遺体が発見されたということだった。

知らせてくれたM市在住の苫米地によると、嶋田死亡の顚末は不可解極まりないものだった。サイクル事業に反対する青年団員たちの会合が行なわれる予定だったM市郊外。山間《やまあい》の集落に集会所があり、その駐車場に止めた旭原燃サービス所有の車の中で嶋田が亡くなっているのが発見された。

警察発表によると、死因は一酸化炭素中毒及び低酸素血症。血中からはかなり高濃度のアルコールとトリアゾラム（ベンゾジアゼピン系睡眠導入剤――ハルシオン）の成分が検出されていた。乗っていた車の排気管にはホースが取り付けられており、そのホースが車の中に引き入れられ、ガス欠になるまでエンジンがかけられていたと思われることから、飲酒と睡眠導入剤を服用した上で排気ガス自殺を図ったもの、とされた。

苫米地によると、嶋田の死を自殺とするには整合しない点もある。自殺として処理はされたが、遺体発見時、靴は片方しか履いておらず、もう片方は集会場から1㎞ほど手前の道路の側溝で発見されている。自殺しようとするものがわざわざ靴を片方脱ぐ必要があっただろうか。第一、高梨の知る限り嶋田は下戸だった。血中濃度がかなり高度になるほど自らアルコールを摂取できたはずがない、というのだ。

サイクル施設の技術主任がなぜそんなところで発見されたのか、なぜそんなところにいたのか、自殺とすればその原因はなにか、など、わからないことだらけだ。

高梨は、原発建設やサイクル事業に反対する人間が多数集まる集会所の駐車場で、核燃サイクル事業の技術主任が怪死を遂げるというシチュエーションに、何者かの非常な悪意を感じずにはいられなかった。

嶋田の死が他殺とされた場合には、まるで原発反対派が核燃施設職員にリンチを加えた、とでも疑わせるように。

実は、M市の青年団では核燃推進派と反対派の間で根深い対立があった。そこに先年行なわれたO町町議の選挙を巡っては、核燃推進派の候補と反核燃派の候補の当落を巡って熾烈な選挙戦があり、青年団も核燃推進派、反対派に分かれて分裂の危機にあった。その時に明確になった青年団内の対立はその後も根強く残っていた。

原発推進派は議員や原燃サービスの後ろ盾もあって、反対派を駆逐する勢いがあった。

この事件に、原発や核燃サイクル事業を巡っての政治的、経済的問題に絡む闇が関係しているかどうかは定かではないが、遺体発見時のさまざまな状況を考えると、嶋田の死には、他人、しかも複数の人間が関わったもの、おそらく殺人だと、高梨には思えてならなかった。


もう1人、地方紙記者の藤原の死も不可解だった。

苫米地が言う。

「よくわからないんですが、事故死のようです。嶋田さんの発見された時期と同じ頃、藤原さんはA中央埠頭で溺死体で発見されました。警察によると、遺体の血中アルコール濃度が高く、泥酔していて誤って海に転落、溺れて死亡した、ということになっています」

「それは本当に事実なんだろうか?」

「そうは思えません。短くない付き合いの中でも私の知る限り、彼は正体を失くすほど酔うようなことはなかったですから」

「そうでしたね。私も何度かお目にかかってお話をしたことがあります。誠実で熱心な方でした」

「ええ。彼は原子力関係の裏側、というか真実を追っていた。そして発信していこうとしていた。核心に迫ろうとしていました」

高梨はとても悔しかった。裏で蠢《うごめ》く自らの懐を肥やすことしか考えない県内外の電力会社、ゼネコンなどの企業や政治家、その他の人間が、Ａ県を蹂躙《じゅうりん》しているように思えてならなかった。

＊

高梨はＡ県Ｍ市へ飛び、警察が早々に自殺と決めつけた嶋田の死の真相をさらに究明するよう警察当局に訴えたが、血縁でもない高梨の話は取り合ってもらえなかった。

高梨は、情報交換のために電話をかけてきた洋三に嶋田の一件を話した。

「最近、原発や核燃に関して、深い闇を覗くような事件がありましてね。なんとも不自然な死に方をしたのに事故死と片付けられた事件が同じ頃２件もあった。絶対捏造なんだ、あれは事故なんかじゃない。殺人だよ、あれは」

高梨は自分で話しているうちにだんだん怒りが蘇ってきた。

「何なんですか、そんなの事故死なわけないじゃないですか」

嶋田の死に関する高梨の説明を聞いていた洋三は耐えきれず声を上げていた。

「官憲は所詮、国の番犬だからな。国にとって都合の悪いことは進んで隠蔽も捏造もするさ」

「真実を明らかにしてほしいですよね。私たちの調査も、調査の段階で横やりが入ったり、結果が出ても発表できなかったりする。もっと一般の人たちに向けて正しい情報を開示しないといけない。国民はいろんな意味で蚊帳の外に置かれたまんまですね」

高梨が最初に県警本部を訪ねた時、嶋田の死の事情を尋ねても、もちろん家族でもない高梨の言うことは取り会ってはもらえなかった。それでも、なんども警察署を訪ねるうちに、事件に興味を持ってくれた若い刑事がいて、その後は時間を見つけては県警を訪れ、その工藤という刑事と話すようにしている、とのことだった。

工藤は立場上たいしたことは話せないし、なにしろ警察も多くの情報を持っているとは思わなかったが、はっきりしていることは、現場には不審を抱かせるような痕跡は残されておらず、警察は嶋田の死は単なる自殺事案として処理しようとしているということだけだった。

高梨は、嶋田の変死を事件としてきちんと捜査するよう警察にはたらきかけるため、弁護士にもあたってみたが、有効な打開策は見つからず、根気よく警察に訴え続けるしかない、という結論だった。

その後数カ月、数回にわたって嶋田死亡事件の再捜査を訴える嘆願書を高梨以下多数の署名とともにA県警本部に提出したが、とうとう再捜査は行なわれることはなかった。

*

洋三は核燃サイクル施設の実態を自分の目で確かめようと、高梨に話してM市の苫米地に連絡を取ってもらい、数日休みを取って新幹線やローカル線を乗り次いでM市を訪れ、苫米地に核燃サイクル施設周辺の案内をしてもらった。

核燃サイクル施設は広大な敷地にいくつもの大規模な建物がある。

事業の申請は1989年3月30日。着工は1993年4月28日。当初7600億円だった予算が、度重なる事故と工期の延長で2011年2月には2兆1900億円、2017年7月には2兆9500億円まで膨れ上がっている。その後も増加の一途を辿って、いまだに実用の目途はたっていない。

＊

Aから帰った翌日、週初めの外来はかなりの混みようだったが、午後1時を回るころには洋三も昼食を終え、病棟の回診前に一息ついていると、ここ数日のめまぐるしい出来事が洋三の頭の中を駆け巡った。

原燃の嶋田はなぜ死んだのか。何かの告発でもしようとしていたのか。もしそうならもう少し詳しい事情が知りたい。嶋田が持っていたであろう情報も手に入れられれば……。

回診を終え、手早く入院患者に対する指示を出してから研究室の自席に戻ると、机の上に厚めの航空宅配便が載っていた。

差出人を確かめるまでもなく、アメリカにいる近藤からの郵便物だった。

開けてみると時候の挨拶と近況報告、本題の放射線障害に関するデータとその解析結果、最近の知見、アメリカにおける世論の動向などについて纏めたものだった。

アメリカでの電力の消費は膨大である。アメリカ国内の発電源第1位は天然ガス火力、2位は石炭火力、3位が原子力発電だが、原子力による発電量だけをみると、世界では1位だ。フランス、中国、ロシアと続く。1979年3月28日には、スリーマイル島で原子炉冷却材喪失事故という過酷事故を経験しており、ペンシルベニア州立医療研究大学の調査によると、スリーマイル島周辺では事故後、通常の甲状腺癌とは異なる「突然変異シグナル」を持つ甲状腺癌が認められている。

さらに日本のF原発事故も受けてアメリカ国内でも原子力発電や核廃棄物処理に対して否定的な世論が勢いを増しているため、アメリカ国内の原子力発電所は複数基の廃炉が計画され、実施されている。

そうなると、通常の原発稼働で生じる核廃棄物や廃炉に伴う放射性廃棄物の処分における問題が一段と現実味を帯びてくる。膨大な消費電力に見合う、日々の原発の稼働にともなって、日々生み出される多量の放射性廃棄物。その処理はいったいどうするのか。

国内での処理には、コストの問題、技術的問題、再処理に伴う周辺地域の放射能汚染の危険に伴う受け入れ先の問題など、あまりに多くの、あまりに危険な問題があり、アメリカの国内での再処理には困難がある。とはいえ、核弾頭に用いるプルトニウムなどの核種の生成手段は確保しなくてはならない。

とすれば、国内での対応が難しいなら、国外での再処理、およびその放射性廃棄物いわゆる核のゴミの貯蔵施設を国外に求めなくてはならない。勢いそれらの問題の解決策としては日本が標的にされた。

近藤のレポートに目を通しながら、洋三はそんなことを考えていた。

米軍の戦闘機も型が古くなれば自衛隊用に日本に売りつける。体のいい払い下げだ。原発にしても同じことが言えないか？　米国内で建造の頭打ちになった原発を日本に消費させ、あわよくば米国で使用済みになった核燃料の再処理さえ行なわせようという図式が見えないか？　戦後何十年経とうと、日本はいまだアメリカの支配を抜けてはいない。あの時、日本という形を残してやったではないか、という具合だ。結局のところ、確かに日本はあの戦争で負けたのだ。敗戦国としてアメリカの植民地支配を受けている。そういうことなのだ。

怒りがこみあげてきた。

そこへ外線の電話が入り、洋三の思考は中断された。

＊

電話の相手はA県警の工藤良雄という刑事だった。

工藤は、高梨がA県を訪れるたび話をしに行く刑事で、嶋田の死に事件性はないとする今の警察の見解に不満があり、非番の日に独自に行動して捜査を進めていた。この日も3日ほど休みをとって、F県まで来ていた。

洋三が何の目的でA県にまで出向くことになったのか。工藤の興味は尽きるところそれであった。工藤と高梨とは顔見知りであり、高梨から洋三のことを聞いていたのだろう。

しばらく話をして、洋三は亡くなった嶋田とは、これまで何の個人的な接触もなく、たまたま原発や核燃サイクル施設の問題について関心があって、現地に赴いただけだということを納得すると、尋問のような質問はやめて、今回の事件に関する洋三の意見を求めた。

洋三は、嶋田の死は恐らく他殺によるもので、実行犯はどうあれ、背後には核燃サイクル事業や原発の反対運動によって不利益を被る者の思惑がある。つまり旭原燃サービスの核燃サイクル施設絡みのことのように思う、さらにA中央埠頭で発見された新聞記者の溺死も、額面通りの事故死とは思われない、と話した。

工藤も、原燃の技術開発部の技術主任が怪死することの不自然さを素直に認めた。

嶋田という名前は、洋三も高梨の取材メモによってすでに知っている。そのことは刑事には告げずに話を続けた。

技術開発部というのは、核燃料の取り扱いや再処理、すなわち核燃料サイクル事業に関する技術全般を統括するとともに、新規の技術をも開発する部門で、実用としては本来まだまだ未開発の部分の多い核燃料のサイクル事業に関しては、厳しい対応を迫られているらしい。

そこの技術主任がどうして怪死しなければならなかったのか。誰が直接手を下したかはまだまだ見当もつかないが、嶋田の死がサイクル事業になんらかの繋がりがあると考えるほうが自然だろう。

九　嶋田の妻

工藤は嶋田の足取りを追った。

会社によると、嶋田はA県M市の旭原燃サービスの職員宿舎に家族と共に住んでいた。嶋田本人は死亡しているのに、家族はいまだに職員宿舎にすんでいるようだ。なにか釈然としないものを感じる。

工藤は、洋三と話した翌日、朝早くF市を発ってその足でM市に向かい、社宅を訪ねてみた。三十代半ばの夫人が小さな庭先に干されていた洗濯物を取り込む横で、2人の男の子が駆けまわっていた。一家の主がいないにしては屈託なく生活しているようだったが、小さな前庭に干された洗濯物の中に、大人の男物は見当たらなかった。

洗濯物の取り込みが一段落したところで、工藤は嶋田夫人と思われる女性に声をかけた。A県警の工藤だと自己紹介すると、その女性の表情はにわかに陰った。子どもたちを家の中に入れると、きつい表情で何の用かと尋ねた。工藤を明らかに警戒していた。

「嶋田さんですね。ご主人について少しお話をうかがわせていただけませんか?」

「話すことはありません。もう亡くなっていますから。主人について知っていることはもう全部警察にお話ししました」

「どうしてもお尋ねしたいことがあるのです」

困惑している夫人を尻目に、工藤はなおも質問を続けた。

「藤原さんという方を御存じでしょうか?」

「いいえ、存じませんが」

「ご主人から藤原さんというお名前をきいたことは?」

「ありません。主人とどういう関係があるのですか?」

「藤原さんは先日、ある機関誌に原発に反対の立場をとっているある方と共著で原燃サイクル施設関連の貴重な記事を書かれたのです。その方のメモに嶋田技術主任のお名前がよく書かれてありました。何かお聞き及びではないですか?」

「仕事上の付き合いのことはまったくわかりません。家ではなにも話しませんし、訊きもしませんから」

取り付く島もないような答えだったが、工藤は食い下がった。

「そうですか。……亡くなられる前、何か変わったことはなかったですか?」

その女性はうんざりしたような表情を浮かべながらも答えてくれた。

「少し疲れているようでした。仕事がうまくいっていないのかな、とは思っていました」

「亡くなられる直前に何か変わったことは?」

重ねて尋ねる。

「亡くなる2、3週間位前からは、仕事が終わらない、とかで家に帰らないことも多かったのですが、遺体が見つかる4、5日前、久しぶりに帰宅した時、どこからか電話があって、急に明日A市に行く、と言い出しました。翌日家を出てから遺体が発見されるまで、主人は家に帰ってきませんでした」

「A市に行かれることはよくあったのですか？」

「そうですね、月に1度か2度。本社から偉い人がくるとか、県に報告に行くとか」

「なるほど。では、急にA市に行くと言い出されても、特に御不審には思われなかった、と？」

「いいえ、A市へ行くときは、大抵は事前に予定が決まっていました。突発的なことがない限りは。だから、電話のあとでA市に行く、と言い出したときは、何か問題がおきたんだろうかと、少し不安な気がしました」

「そうですか。……不躾ですが、最後にもうひとつ伺わせてください。ご主人が亡くなられているのにまだ会社の宿舎に住まわれているのですね？」

「それが何か？」

女性はきっとした表情で答えた。

唐突な夫人の甲高い声に、工藤は一瞬たじろいだが、すぐに気をとりなおした。

「勤めていた方が亡くなられたら、ご家族は速やかに社宅を引き払わなくてはいけないのではないかと」

穿った見方をすれば、会社になにか負い目があって、あるいは監視の意味もあって、そのまま社宅住まいを許しているのかと思えなくもない。

「すぐ引っ越しますから」

まるで夫の仇とでも話しているような対応だったが、主《あるじ》の突然の死亡に見舞われ、見知らぬ男に根ほり葉ほり尋問される夫人の心情を考えると、それは無理からぬ反応だろう。そろそろ切り上げる潮時だと工藤は考えた。

「突然伺い大変失礼いたしました。どうかお気を悪くなさらないでください」

そう言って一礼し、立ち去ろうと踵を返して5、6歩きだした時、後ろから声を掛けられた。

「あの、ごめんなさい。この頃ずっとイライラしていて。私も本当にどうしていいかわからないんです。会社からも好きなだけ社宅に住んでいいから、外部の人間が主人のことについて何か聞きに来ても、『何も知らない』で通すように、と念を押されました。

会社の意向に沿っていれば悪いようにはしない、就労中の事故死として今後の生活が立ちいくように補償をする、と。会社の好意で過重労働による精神障害、過労死として認定してくれるのだろう、と思いました。

主人の死を不審に思わないわけではなかったのですが、今後の生活を考えると、会社の申し出をのむことにしたのです。

主人は真面目な人でした。仕事の話はもともとあまりしない人でしたが、ここ2、3カ月は特に黙って何か考えこんでいるようなことが多かったので……。だから、仕事のせいで精神状態がおかしくなっていたのだろう、と無理やり納得しようとしたんです」

「ご主人の御様子がおかしいと感じられるようになったのはいつ頃からでしたか?」

「3週間ほど前です。電話がありました。しばらく帰れないが心配するな。会社のほうで少し面倒があって、やらなきゃならないことがある。そう言っていました」

工藤はさらに質問を続けた。

「やらなきゃならないこと、ですか。……どこにいるとか、具体的なことは……」

「申しませんでした。ただ、時期的に再処理施設のことのような気がします」

「そうですか。……わかりました。本当にありがとうございました。奥様もお気をつけて。何かわかったらご連絡差し上げます」

そういうと、今度こそ夫人に背を向けて歩き出した。

(なくなる直前にA市に行っていた。そこで何かあったのだろうか。誰かに会いに行ったのか?もしかしたら藤原に会いに行ったのだろうか?)

工藤は、遠く、漁船やくすんだ色合いの錆の浮いた貨物船の停泊するA港の埠頭へ思いを馳せていた。

十　交通事故死

Ｆ県へ帰ってから数日後。南台病院でいつも通り日常診療に追われている洋三のもとに、医局の植村から連絡が入った。

「近藤がだめらしい。詳しいことはまだわからないんだが、近藤が深夜、ラボからの帰り道で自動車事故を起こしたということだ」

洋三は己が耳を疑った。渡米してほんの数カ月ではないか。これは運命の悪戯か。本当に事故なのか。

「とにかく、向こうで一緒だった外科の橘が、遺品やら何やらを整理して、一旦帰国するらしい」

「連絡してくれて助かった」

「そういうおまえも気をつけろよな」

という言葉が返ってきた。

礼を言って電話を切った洋三は、しばし呆然としていた。

＊

橘医師が、洋三の勤める南台病院を訪ねて来たのはそれから１週間後だった。

洋三たちより2期先輩で胸部外科のホープだった橘は、近藤より半年早く渡米していた。肺癌に対する術後の免疫学的治療、および分子標的薬での治療について研究している。

「君のことは近藤からよく聞かされたよ。あいつはいいやつだった」

橘のほうから口を開いた。初対面の洋三に、堅苦しい前置きなく、こういう話し方をしてくれたのを、洋三はありがたいと思い、急《せ》く気持ちを抑えて切り出した。

「どういうことだったんでしょうか」

「夜中の12時頃、実験を終えて車で宿舎へ帰る途中、大型トレーラーと接触したらしい。運悪くスリップした先にコンクリートの建築資材が置いてあって、車が大破したと言うんだ。しかし、今ひとつはっきりしないところがある。実験中は酒なんか飲まないはずだが、解剖の結果、血中からかなりの濃度のアルコールが検出されている。大学構内から出たばかりの田舎道になぜ大型トレーラーがいたのか。いろいろスッキリしないことが多いんだ。しかし地元の警察じゃ、飲酒の果ての事故として処理されてしまったようだ」

「御家族は？」

「おふくろさんと妹さんが遺体の確認と引き取りに来ていた」

「そうですか……さぞ御無念だったでしょうね」

洋三はそれ以上言うことばを持たなかった。その様子をみて、橘が包みを差し出した。

「近藤から預かったものがある。どういうルートで手に入れたのか、かなりなものだよ。これをどう使うかは、君に一任するそうだ。身の危険を感じていたのかな。亡くなる前々日にこれを持って私を訪ねて来たんだ。君の手に渡るようにしてくれって」

分厚い茶封筒には、近藤の血と、無念の涙が滲んでいるような気がした。

橘に礼を言い、明後日には再びアメリカに向けて成田から発つという彼を玄関に送った後、その茶封筒を開けた。

中には、チェルノブイリ原発の立地ウクライナキエフ州プリピャチの原発事故後や、北アイルランド、ウェールズカンブリア州ユーブランド市のセラフィールド再処理工場、フランス、コタンタン半島のラ・アーグ岬にある、コジェマの核燃料再処理工場周辺の操業に伴う周辺住民の癌発症率などの詳細な分析がまとめられており、殊に小児の白血病発症数の増加には目を瞠《みは》るものがあった。

原発の炉の冷却水や、使用済み核燃料の再処理に伴い発生する汚染処理水を施設周辺の海洋へ放出し続けた結果、施設周辺の魚やカニなどの海洋生物における多数の奇形や病気が発生した報告、海藻中の放射性ヨウ素の含有量などの記録もみられ、中には極秘扱いの書類もあった。そして、それらのデータが、実際の公的発表ではどのように改ざんされていたのかも一目瞭然になっていた。

前回近藤が洋三に送ってきた資料よりもさらに深い内容だった。欧州やアメリカなど全世界の原子力産業と、日本国内における原子力利用に関係する企業、政界などのつながり、いわゆる「原子力ムラ」に潜むさまざまな問題についても詳述されていた。

どこの国でも一部の権力者、富裕階級にとっての利益を生み出すように政治家や企業が動き、それらにとって不都合な事実は隠蔽され、抹殺される、危険な目にあうのは、告発者はもちろん、事実を究明しようとする人間も例外ではないということだ。

洋三は全身がブルブルと震えるのを感じた。腹の底から湧きあがる怒りと恐怖の入り混じった情動は、いつしか頬を伝う涙に凝縮されていた。

「近藤よう……」

洋三は涙が頬を伝うにまかせ、夕刻の沈みゆく太陽の残照の中に立ち尽くしていた。

十一　苦米地の怒り

工藤は、旭原燃サービス技術主任嶋田が、車の中で一酸化炭素中毒により死亡したM市の事件の解明に注力したいと思っている。だが、この事案は自殺と判断されて、管轄の所轄署のみの案件となり、工藤の出る幕はなかった。また、藤原記者の溺死事件は、他殺であれば、A県警の所管するところではあるが、これも泥酔の上の事故死とされていて動きようがない。

八方塞がりの現況だが、2件ともどう考えても工藤には、原発、原燃からみの事件に思えて仕方がない。このままで終わらせるわけにはいかなかった。

一般人に所轄や管轄、県警の捜査本部といったことでの捜査権の差異がわかるわけもなく、警察バッジ、つまり身分証さえあれば、所轄署が問題にしない限りは、聞き込みなどの捜査は可能なはずだ。そう考え、工藤は休みを利用してS半島へと足繁く通った。

これが発覚し、所轄の警察署で問題にされれば、工藤は叱責を受け、何らかの処分を喰らう可能性は十分にあった。それでも工藤は、嶋田の死に関連する何らかの情報を得ようと必死だった。

工藤がまだ若く、官僚機構や警察機構の悪習に染まっていないということもあろうが、なにより、工藤が警察官になることを志したのが、不正や犯罪を正すために働きたいという思いからだったというのが大きい。

組織の中枢や政権の意向で事実が捻じ曲げられるなら、そしてそれを見逃すなら、そもそも警察とは何なんだ。そう言えば、あえて意識に留めないようにしていたが、警察は強いものには媚びへつらい、弱いものを挫く、という批判をよく耳にした。強きを挫き、弱きを助ける、というのは、夢物語なのか。真逆じゃないか。それでいいのか。そういう思いにかられていたのだ。

そうしたS半島への数度目の捜査活動で、工藤はとうとう手掛かりの糸口となりそうな証言を得た。

何度も通う工藤に、それまでは官憲の犬だ、くらいにしか思わず、本音を語ってくれなかった反核燃運動のメンバーの1人、苫米地が本音で話をしてくれた。話してみてわかったことだが、彼もまた高梨と付き合いがあり、一緒に反原発、反核燃サイクルの運動をしている地元の有志だった。

「おれらは、核燃関連施設やフルMOX炉の原発建設に初めから反対している。核燃サイクル施設建設の計画が持ち上がった頃の村長選の時には、核燃施設建設に賛成か反対かで、村を二分する事態になっていた。村の長老というか、村の運営を担ってきた者たちも二分されて、何度も議論した。

核燃施設建設には広大な敷地が必要とされ、その用地取得のために、父祖伝来の土地や、漁業権まで取り上げられる計画にはとても従えないと主張するものもいれば、元々寒冷な気候で作物も豊かに実るわけではなく、こんな痩せた土地に縛られるよりも、大枚の金を貰って土地を手放したほうがいい、と考える者たちもいた。建設工事の利権に群がろうとする思惑も働いたと思う。

そして村長選では、次善の策ということで、国の原子力政策の推進方針に耳は貸すが、施設に対する確固とした安全策を示すこと。また、立ち退きを迫られ、漁業権を奪われる住民や漁民たちの生活を保障すること。それが担保されなければ、決して建設を受け入れない、と主張する候補が当選した。

案の定、当選と同時にその村長は、すんなりと核燃事業関連施設の受け入れを承認した。もちろん、議会対策もやった。何しろ国の肝入りで、大手ゼネコンのからむ一大プロジェクトだ。工作に使われる資金は潤沢にある。住民の多くは札束で頬を叩かれるようにして、それまで二束三文だった痩せた土地を手放した」

その姿を、国や電力会社やゼネコンは、軽蔑の笑いを隠して見ていたはずだ。そのことは工藤にも容易に想像できた。

「最後まで核燃施設建設に異を唱え、反対運動を続ける良識派の者たちもいた。そういった人々は、皆村八分のような扱いを受け、さまざまな嫌がらせを受けた。結局、1人抜け、2人抜けして、高齢で亡くなる人もいた。今では施設敷地に最後まで立ち退きに応じない『あさ美』という女性が『あさみハウス』という質素な家に1人で住んでいる。

そこへ通じる道路も、利用者がいないとの理由で、核燃側が塞ごうとしている。『あさみハウス』への出入りのための道路は確保しないといけないから、郵便配達の実績を作って道路封鎖を防ぐために、日本全国の原発と核燃料サイクルに反対する人たちが『あさみハウス』宛てのはがきを送ろうという運動をしていて、実際、郵便は配達されているから、なんとか道路封鎖は免れている。

反対派は核燃サイクル施設受け入れが争点となった時点の村長選挙にまで遡って、買収や不正選挙の実態を暴こうとしていた。それは、村政にとっても、国政にとっても都合の悪いことだった」

ここまで話して、苫米地はあらためて工藤を見つめ、言った。

「おれたちは、あんたのことを本当に信用しているわけじゃない。だが、あんたの力を借りないと、嶋田さんのことが闇に葬られてしまう。それはなんとしても避けたい。だから、あんたには情報を提供する。もし、あんたがおれたちを裏切ったら、そのときはおれたちにも覚悟はある。

嶋田さんは、おれたちに原燃サービス内部の事情や資料を提供してくれていた。もちろん、会社に知れたらことだ。だが、このまま事業が進んだら大変なことになる、ガラス固化なんて、いっこうもうまくいったためしがないし、試験操業の不手際だって事実通りには報告されていない。作業員の通常被爆は矮小化されて報告されている。だから、嶋田さんは情報を伝えてくれた。新聞記者の藤原さんとも連絡をとっていたはずだ。

実は、おれが嶋田さんの遺体が発見された集会所のほうへ向かっていた時、他県ナンバーの白いワゴン車とすれ違ったことを思い出した。嶋田さんが集会所で発見されて、何が何だかわけがわからなくなって、その時は失念していたが、後になって落ちついてよくよく考えてみると、あの時すれ違った車のことがどうにも気になって。

しかし警察は早々と事件性なしと結論付けた。遺体も火葬に付されてしまったから、今更警察に言っても取り上げてもらえるとは思えないが……」

苦米地は、あらためて工藤をまっすぐに見た。その目は工藤に、何としても真実を突き止めて、自分たちに降りかかったいわれのない誹謗中傷を払拭してくれ、原発やサイクル事業に関する問題はもはや一刻の猶予もないところまできている、事実を公表しようとする人たちに危険が及ぶなら、警察を敵に回しても自分たちは闘う、と言っているようだった。

工藤は苦渋に満ちた表情で言った。

「僕が言うのもおかしいんだけれど、警察に話しても無駄かもしれない。警察はむしろあの事件は事故……嶋田さんの自殺として幕引きしたかったんだと思う。お話をうかがって、どうして嶋田さんが命を落とさなければならなかったか、わかった気がします」

「それじゃあ、初めっから結論ありきってことじゃないか。……そうだ、警察の判断はあまりに早かった。その辺りに事件の真相を知る鍵があるんじゃないか」

「そうです。だから、事実を明るみに出すには、反論できないほどの事実を見つけなくてはならない」

「協力するよ。地元の人間からもっと情報を集める。何か知っている人がいるはずだ。そうしないと嶋田さんが浮かばれない」

「その白いワゴン車ですが、他に何か特徴はなかったですか？」

「そう……、そういえば、車体の横に緑色の十字マークがあった。どこかの建築会社とか、ビルや公共施設のメインテナンスなんかする会社に付いてそうな……」

「例えば、電力会社？」

「そうそう、そんな感じ。だから、山道ですれ違ってもあまり違和感を持たなかったのかもしれない」

「ふむ。事件の背後に電力会社……か。ま、一概には言えませんけどね。その車がもし本当に事件に関係しているのであれば、背後関係を探る手掛かりになるかもしれない。ただ、車のペイントは、山道で見咎められても不審を抱かれないための単なる偽装の可能性もある……。とにかく車の件、あたってみます」

十二　工藤刑事の推理

Ｍ警察署を訪れた工藤は、それまでの目撃証言や事情聴取を受けた者たちの証言記録、現場写真や現場周辺の写真、その他の記録を頼んで見せてもらい、もう一度丁寧に見返してみた。

これといった目新しい発見はない。ボディーに緑の十字のロゴの付いた白いワゴン車の目撃証言もない。

しばらく現場周辺を撮影した写真を眺めていてあるものに目が留まった。

嶋田の脱げた片方の靴を写した写真の隅に、わずかに白い車の後ろの部分の一部が写っていた。それもその車が、リアがハッチバック式の、すなわちワゴン車であると辛うじてわかる程度に。

（これだ。しかも現場検証中に付近に駐車しても咎められていない）

他の写真も見返してみると……あった。

虫メガネで見なければ見逃してしまいそうなほど小さく写る距離に白いワゴン車が停まっている。その横腹には緑の十字がロゴとして描かれているように見える。

（これはどういうことだ？　犯罪者は犯罪現場に立ち戻るというが、遺体発見現場近くに状況を見に来たのか？　というより、捜査している警察とも親密な関係があるのではないか）

非常に嫌な展開だった。事件のはじめから警察が関与していたのか？　少なくとも事の顚末を見て見ぬ振りをしていたようだ。

（犯罪を予防するのが警察。犯罪を摘発するのが警察。それは俺の幻想なのか？

警察内部で誰かこの車について知っている人間はいないだろうか。細かい事情は知らずに事実だけを記憶している者がいるはずだ）

工藤は少し考えて、嶋田変死事件の捜査にあたった警察学校同期で今はM警察勤務の笹刑事に話を聞いた。

「ああ、あのワゴン車ね。規制線のすぐ近くに停まっていて、何か捜査の様子を伺っているようだったので、係長に上申したよ。班長がワゴン車に近づいて、運転席のウィンドウを下げさせて少しの間話していた。それからこっちへ戻ってきて、『あの車はいいんだ。気にせず作業をつづけろ』って言ったんだ。だから、その後の捜査でも何回か例のワゴン車を見かけたけど、気にしないでほっといた」

「なぜ、民間人の車両と思《おぼ》しき車を認めても、そのまま捨て置いたのかな。係長は何か言ってたか？」

「なにも。なぜだ？　その車、どうかしたのか？」

「いや」

「そういえば、お前、何か調べてるのか？　非番の日でも1人で何か動いてるだろう」

「何でもない。大したことじゃないよ。少し気になったことがあっただけだ」

笹は、工藤の曖昧な反応に幾分不審を抱いたようだが、それ以上突っ込んで尋ねることはしなかった。それは、彼の好意であったかもしれないし、厄介ごとには巻き込まれたくないという、自衛の反応かもしれなかった。

工藤は礼を言ってA市に戻った。幸い、今のところ手を煩わせるような大きな事件は起きていない。元々A県には大きな事件は滅多に起こらない。凶悪と言われるほどの事件がごくたまにあっても、大抵犯人は捕まらない。それほど平和な田舎であった。

A警察署の自席に戻った工藤は白いワゴン車について考えた。

(係長を黙らせることができる者。ということは警察の上のほうに顔がきく者だということだ。だから、不審死と思われる事案も早々に事故死として片付けることができる。A港中央埠頭の新聞記者の溺死体も同じ構図か)

(まず、あのワゴン車の所在を探ろう。どこの車か? 誰の、またはどこの企業の所有か?)

工藤は、かのワゴン車の写っていると思しき写真を、拡大や画像を鮮明にする処理を施して、さらに丁寧に見直した。

見つけたワゴン車が写っている数枚の写真を突き合せた結果、ワゴン車のナンバーの一部とロゴの右下の会社名の一部を何とか読み取ることができた。

その車のナンバーの漢字の部分の一文字は「宮」と読める。数字の始めは81××。それ以上は残念ながら電信柱や、手前の草叢《くさむら》、周囲にいた捜査員などの陰になって読み取ることができなかった。

もうひとつの収穫は、車体側面の緑色の十字のロゴの右下に「新電○○○ビス」と書いてあることが判明したこと。それらを考え合わせると、そのワゴン車の所有者は、新電力サービスではないのか。


(何となく見えてきたぞ。この死亡事案のキーワードは、原発、もしくは核燃料サイクル事業。国の原子力政策だ。そしてこの変死事件の手掛かりは、このワゴン車だ。まず、このワゴン車の所有者を見つけなくては)

会社の車なら、使用者や使用期日など、その車の利用履歴が残っているはずだ。だれがその車を使用していたかはわかるのではないか。

嶋田が失踪したと考えられる時点から死亡推定時刻の前後まで。それから捜査が始まって車影が記録されている時に車を使用していた者がわかれば、大きな進展が望めるはず。

工藤は新電力サービスA支社に電話で連絡を入れた。

「A県警の工藤と言います。お宅の会社の所有する車について少々おたずねしたいことがあるのですが」

オペレーターの女性が答える。

「少々お待ちいただけますか。今、車両管理の担当部署にお繋ぎします。少々お待ち下さい」

しばらく保留音が流れた後、男性の声が答えた。

「どういった御用件で?」

「A県警の工藤と言います。現在捜査中の事件に関して、お宅の会社所有と思われる車についての情報をお知らせ願えないでしょうか」

「それはどういう?」

「捜査情報は明かすわけにはいかないので詳しくお話しすることはできませんが、現在捜査中の事案に関して、お宅の車の所在を確認する必要がありまして、いえ、事件への関与が疑われているというわけではありません。当該時点での車の所在、運転していた人間が確認できればいいので」

「失礼ですが、令状を持った正式な捜査でしょうか?」

「いえ、そうではありません。単なる参考です」

新電力サービスの車両管理担当部署の職員と思われる人間は少しの間、沈黙した。

令状を持ってこい、と工藤の要求を突っぱねるべきか、素直に応じたほうがいいのか。考えを巡らせているのだろう、と工藤は思った。

結局担当者は、下手に拒否して警察の印象を悪くし、痛くもない腹を探られることになるよりは、要求された情報をさっさと渡して厄介払いをしたほうがいい、と判断したようだ。

「わかりました。何についてお答えすればよろしいのでしょうか」

（よしっ）

工藤は心の中で快哉《かいさい》を叫んだ。

「見ていただきたいものがありますので、直接伺ってお話をうかがっても？」

「かまいません」

「では、これから伺います」


工藤はA市にある新電力サービスのA文社を訪れた。受付で先ほどの電話で応対した時に聞いていた担当者の名前を言い、呼びだしてもらった。

ロビーに姿を現したその男はスラっとした長身で、身のこなしに隙がなかった。

「桧垣と申します。先ほどはどうも」

男は名刺を渡しながら丁寧に挨拶する。工藤は警察の身分証を見せて、話し始めた。

本来、正式な捜査では刑事が単独で行動することはない。それは不測の事態に備えて刑事の身の安全を守るためであり、得られる情報に齟齬がないように、複数人で共有するためでもある。男はそんな原則は知らぬげに工藤の質問に答えようと向き合っている。

「では、まずお伺いします。お宅の車には緑色の十字のロゴと、新電力サービスの文字がペイントされていますね？　2、3写真を見ていただきます」

工藤は問題のワゴン車の写った数枚の画像を担当者に見せた。

「昨年12月15日頃から今年の1月中旬くらいまでの宮○　８１○○のナンバーの白のワゴン車の使用記録、運転者、立ち回り先など教えていただけませんか？」

「少しお待ち下さい」

担当者はその場を離れ、調べ物をしに行ったようだ。少し時間を置いてまた戻って来たが、担当者は意外なことを口にした。

「そのナンバーの車はうちでは所有していませんね。ナンバーは確かですか？　確かに緑色の十字と新電力サービスのロゴは、写真で見る限りでは当社の車のように見えますが、そのナンバーの車はうちにはありません。さらに添付写真のようなロゴマークは1年ほど前にリニューアルして、順次新しいロゴに塗装し直しており、現在稼働中の車ではほとんど使われておりません」

「ほんとですか？」

「嘘を言っても仕方がない」

「ではこのナンバーに該当する車はこちらにはなく、しかも使用されているロゴは古いものである、と」

「そうです」

「そうですか。わかりました。最後にひとつだけ。お宅の会社に所属する車を使用する際には、必ず届け出をして記録管理されているという理解でよろしいでしょうか？」

「当然です」

「ありがとうございました。大変参考になりました」

工藤は首を傾《かし》げた。

例の会社には存在しない車。しかも古いロゴを使用している車。

（これはどういうことだ？　誰かが職員に成りすまして偽装した車を使用している？　または、会社で使用してはいるが、現在の所在やこのところの使用が明らかになってはまずいから会社にはないことにした、とか。とにかく陸運局のデータベースでこの車の持ち主を特定することだ。不完全な番号しかわからないが、それでも車種や色、型式から候補のいくつかは割り出せるだろう）

工藤は予想される車種と、色、不完全なナンバーをもとに、陸運局へ問い合わせた。これも職権乱用と言えなくもないが、応対した人物は概ね好意的だった。内心ホッとしたものの、情報が不完全なため結果が出るには多少時間がかかると言われた。

＊

手元にある情報をつなぎ合わせて事件のあらましを推理してみた。

新電力サービスの古いロゴ、もしくはそれに似せたロゴを使用した車がどこかで嶋田を乗せ、あるいは拉致監禁し、車の中か、どこか他の場所かで、嶋田を昏倒させるか脅すかして、遺体発見現場近くまで運んだ。

そして、そこで遺体の発見された車に乗せ換え、一酸化炭素中毒による自殺を装った。遺体発見現場近くで嶋田を車から運び出す際、嶋田が履いていた靴の片方が脱げ落ちたか、そもそも拉致した場所が遺体発見現場近くであったために、拉致した際に靴が脱げたのか。

嶋田が健康な成人男性であることを考えると、1人で車に乗せたり、運んだりするのは無理だ。少なくとも、車を運転するものと嶋田を大人しく車に乗せておく人間の2人は必要だろうし、実際はもっと多くの人手がいる。意識をなくさせ、運搬を容易にしたとしてもそれを運ぶためには2人以上、意識があって抵抗される可能性のある場合にはさらに多く、複数の人間が犯行に関わっていたと思われる。

緑色の十字のロゴのペイントされた白いワゴン車に、数人の男たちと嶋田が乗り合わせている情景を想像してみた。刃物や銃器で脅されていたのだろうか。暴力や薬物で意識をなくされていたのだろうか。目立った外傷がなかったところを見ると、頭部を強く殴打されて気を失っていた、などのことはなかったのだろう。手荒なことをしなくても大人しく車に乗り込む場合……顔見知り！

嶋田は顔見知りに車に乗せられた。あるいは知っている誰かが会いたがっている、などと言われて車に乗り込んだ。そうすれば、外傷も薬物反応もなく車に乗せられて移動したことの説明がつく。いずれにしても、相当手慣れた集団、よく練られた計画の下《もと》に行なわれた犯行に思われた。

原発、核燃サイクル事業をめぐる欺瞞を暴こうとした内部告発者の変死。

実行犯を突き止めることもさることながら、その背後関係こそ暴くべき事柄だろう。

数日して入った陸運局からの報告では、やはりナンバーと車種、色に該当する車の登録はなく、偽造されたナンバープレートを使用している可能性が高いとのことであった。

（そんなことが可能なのか？　日本の警察はそんなに生ぬるいのか？　あるいは、この車の持ち主（個人か、会社か）と官憲との結びつきがそれほど強いということなのか？）

この八方塞がりの状況をどうやって打破するか。

＊

工藤は思い立って、A警察署からさほど遠くないA港中央埠頭の例の記者の溺死体の発見された岸壁に立ってみた。

A港中央埠頭はJRのA駅から東に車で10分ほど海沿いに進んだところにある、１９５４年に完成した、３０００トン岸壁を備えた港湾施設だが、船舶の大型化に伴い、２００３年に、もう少し西のA駅により近いところに10m岸壁があるA港新中央埠頭が完成した。翌２００４年にはそこに国際埠頭施設ができ、２０１９年には、A港国際クルーズターミナルの供用が開始された。国際航路の大型クルーズ船もたびたび寄港するようになり、そちらのほうがメジャーになっているため、現在のA港中央埠頭は主に、貨物船の荷物の積み下ろしに使用されている。たまに錆の浮いたくすんだ色合いの船体に、ロシア文字で船名がペイントしてある貨物船が停泊しているのを見かける。晩冬の海を渡ってくる風は、肌を刺すように冷たい。

新中央埠頭を挟んでもう少し西、車で15分ほどの所にAフェリーターミナルがあり、人と物流航路の中心となっている。付近の道路では、時化《しけ》などでフェリーが欠航した際、駐車場に入り切れなかった多くの大型トラックが列をなして路上に駐車していることがあり、そんな時は、運転席で仮眠をとる運転手をよく見かける。

夕刻、時代に取り残されていささか寂れた感のあるA中央埠頭を工藤は訪れた。岸壁には、ビット（渓流柱）に腰掛けて釣りを楽しむ人たちの姿があった。

湾内は波が穏やかで、季節によってサバの幼魚や時には卵を抱えたヤリイカなどが迷い込んでくることがある。そんな時は俄《にわか》太公望が多く出没する。イカは夜間に釣れる。

記者が亡くなった日も、ここではこんなふうに釣りをする人たちがいたのだろうか。

北国ではホームレスを見かけることはまずない。北国の冬の寒さは、ホームレスの生命を危険にさらす。寒すぎて生きていけないのだ。

ふと虫の知らせのようなものを感じて、工藤は岸壁で釣りをする人たちに声をかけてみた。最近何か変わったことや不審なものを見聞きしたことはないか。

釣り人は近所の住民もいれば、近在から車で来ている人たちもいたが、皆、最近では特に変わったことはなかった、と答えた。

工藤が改めて周囲を見回すと、岸壁の前を通る道路を挟んで向かい側に、ちょっとした釣り用具や、アミやゴカイ、イソメなどの釣り餌を売る店があった。何か異変に気付いてはいなかっただろうか。店を訪ねてみた。

「ごめんください」

「はいはい。何差しあげましょ」

店の奥の、住居との境と思われる引き戸を開けて答えながら、人の好さそうな女性が出てきた。

「すみません、客ではないです。少しお尋ねしたいことがありまして」

一瞬怪訝な表情を浮かべた女性に威圧感を与えないよう、工藤はできるだけ穏やかに話すよう努めながら、身分証を見せた。

「県警の工藤と言います。最近、何か変わったことはありませんでしたか？」

「特に変わったことはなかったと思うけど。なにかあったんですか？」

「いや、そうではないです」

「う〜ん……昼間はそこそこ人や車の出入りがあるけど、夜になるとあんまり人通りもないしね。埠頭の辺りは一般車両駐車禁止なんだけど、それでも夜間は釣りの人の車とかが何台か停まってることはあるけどね」

「車、白いワゴン車とか見かけたことありませんか？　ボディーに緑色の十字のロゴマークのついた」

「緑の十字のついた白いワゴン車……あ、そういえば、いつだったか、そこの埠頭入り口近くに停めてる車があって、荷物を積んで出てきたトラックの邪魔になって一悶着あったことがあったね。外に出てみたんだけど、その時の車が確か、白っぽいワゴン車。車の横になんかマークがついてたような……」

女性は店の入り口から見える岸壁の手前辺りを指さして答えた。

「12月の中頃ではなかったですか？」

「そうかもしれない。本格的な雪にはまだ間があったし、それでいて夜は結構冷え込んでたから」

「その車、何かしていましたか？」

「いやあ、何にもしないで、しばらく停まってたね」

「その車を見たのは何時頃でした？」

「そうねえ、9時頃だったかね」

「その車は何時頃までそこにいましたか？」

「11時過ぎに、窓から何気なく岸壁のほうをみた時にはまだいたよ」

「車には人は乗ってましたか？」

「さあねえ、車の中まではよく見えなかったし、周りに人影はなかったようだけどね。ずっと見てたわけじゃないから。……そうそう、その何日か後にそこの埠頭で水死体があがったんだった」

「そうですか……。ありがとうございました。大変参考になりました」

工藤は礼を言ってその家を後にした。

（嶋田さんの死亡に関係がありそうな例の車が、A中央埠頭にも停まっていた。あまり人気のない夜間の埠頭で何をしていたのだろう？ 車で何かをする必要があったのか？ その数日後にここでは新聞記者藤原の溺死体も発見されている）

ハッチバックのワゴン車が、夜間長時間にわたって車の後ろ側を海側に向けて駐車していたという事実。トランクに積んでいたものを、ハッチバックの扉を開けて運び出し、防波堤を越えて岸壁から海に投げ入れる。そんな光景が工藤の頭に浮かんだ。

飛躍のしすぎかもしれない。だが工藤の勘は、2カ所で目撃された白のワゴン車が事件の鍵になると盛んに主張していた。

もし、嶋田が内部資料を藤原記者に渡していて、藤原の情報源になっていたとしたら？

そしてそれが奴らの知るところとなり、2人とも消された。

嶋田にA行きを余儀なくさせた電話をいれたのは藤原。もしくは電話させられたか。少なくともそれで2人の関係は証明される。

その後藤原は無理やり大量の酒を飲まされ、冬の冷たい海に投げ込まれた。

Aで待ち伏せされた嶋田は、やはり拉致され、S半島へ連れ戻された（そもそも嶋田は本当にAに来たのか疑問はあるが）。そして集会場の駐車場で一酸化炭素中毒で死亡させられた。2人同時に海へ投げ込んだのではあまりにあからさまだから。

＊

洋三と高梨は定期的に連絡を取り合って情報を交換するようになっていた。サイクル施設操業やMOX燃料一部使用のプルサーマル原発の稼働反対には、放射性物質の生体に対する傷害の立証は不可欠であり、洋三の情報は貴重であり、高梨の持つ情報は洋三の検証に必要であった。

洋三は高梨に訊いてみた。

「亡くなられた旭原燃サービスの嶋田さんはご存じでしたよね？」

「ええ」

「高梨さんの原燃サイクル就労者の労務実態や健康被害、施設周辺住民の健康被害に関する情報は嶋田さんを通じて得られたものも多いですよね」

「ええ、そうです」

「ある意味、嶋田さんの内部告発と言っていいものですよね」

「そうですね」

「そのために嶋田さんが命を落としたということは考えられませんか？」

「その可能性を疑っています。さらに、記者の藤原君もそうだ。原燃の闇に首を突っ込みすぎた、と判断されたんでしょう」

「嶋田さんの死の状況を思えば、単なる事故死や自殺とはとうてい考えられない。それなのに警察は事件性なしとして早々に幕引きをしてしまった。おかしいと思いませんか？」

「もちろんおかしいです。口封じとか、社内向けの見せしめかもしれませんね。官憲にも相当圧力がかかっているということです」

原燃がらみの問題に切り込もうとすれば、何人《なんぴと》たりとも返り討ちに遭《あ》わずにはすまないということか。

「県警の工藤さんもその辺の事情はご存じなんですよね」

「ええ、当然考慮していると思いますよ。でも、組織の中で生きていくためには個人の考えとはまた違う行動規範に従うしかないこともあるんでしょう。彼も微妙な立場で懸命に捜査してくれているのだと思います。なんと言っても事件捜査には警察の肩書は物を言いますからね」

「そうですね。私のところへも嶋田さんとの関係を訊きに来られたことがありました」

「そうだったね。その節はご迷惑をおかけしました。行きがかり上先生のところまで飛び火してしまった」

「いいえ、かまいません。おかげで得られた情報もありましたし」

「実は、その工藤さんと地元の苫米地さん情報なのだけれど、嶋田さんが発見された現場近くで、車体に緑色の十字のロゴマークの付いた白いライトバンが目撃されていたらしい。しかも、その車は警察とツーカーだったということだ」

「その車の持ち主はわかってるんですか？」

「いや、わからないらしい。詳しいことは教えてもらえない」

「それはそうですね。捜査上の秘密ですから」

「いや、嶋田さんの死は自殺、または事故死とされて、事件自体がないことになっているんだから、それは捜査上の秘密というのはあてはまらないかな。とはいっても、警察が得た情報を明かすことは公務員の守秘義務には反するだろうね」

「工藤さんが事件の真相を明らかにしてくれることを願うばかりですね。記者さんの溺死についてもきちんと捜査して欲しいです」

「ああ」

高梨は寂しそうだった。不安を感じているのかもしれない、と洋三は思った。

十三　稲造の決断

アジア電力東京支社で飯森稲造は帰宅の準備をしていた。

社の方針に異を唱える者としての評価が固まって、主流から外れ支社の窓際部門である資料情報室へ転勤となった稲造には、退社時間を過ぎる頃にはほとんど用事がない。重役出勤と揶揄されるように、役員にはもともと出勤時間や退社時間などという制約はないに等しいが、それでも重要な会議の長びくことはある。そんな場所へのお呼びはもう稲造にはかからない。

まもなく部屋を出ようとする時、稲造の携帯が鳴った。

「伯父さん？」

甥の隆一だった。

「おう、どうした？」

「今日、仕事何時に終わる？」

「もう帰れるよ」

「何か用事ある？」

「いや、とくにはないね。家に帰るだけだ」

「これから、家に寄ってもらうことはできますか？」

「別にかまわんが、母さんがどうかしたか？」

「いいえ、母さんは元気です。実は、今日、伯父さんに食べてもらいたいものがあって」

「そうか。うまいもんか？　それなら喜んで行くぞ」

「美味しいかどうか……。初めて人前に出せるようなものができたんで」

「隆一が作ったのか？　それはぜひ行かないと。すぐ会社を出るから待ってろよ」

（隆一が他人《ひと》に振るまうことのできる料理を作った。それをおれに食わせたいだと？　なかなかいい傾向じゃないか。行ってやらない手はない）

稲造は久々に明るい気持ちになった。

藤堂の家に着くと、隆一の母親の美奈子がスリッパをパタパタ言わせながら廊下を小走りにやってきた。なんだか嬉しそうだ。

居間兼食堂として使用している部屋に入ると、出し汁と醤油のいい香りがしていた。

「お、和食だな?」

稲造がキッチンに立っている隆一に声を掛けると、

「伯父さん、忙しいのにありがとう」

と、隆一も嬉しそうに返してきた。

「いやいや、隆一が腕を振るった料理が食べられるなら、何を置いても駆けつけるさ」

「では、始めます」

美奈子は、今日一日隆一が明るく普通に話すのを見て、久しぶりに気持ちが安らいでいた。こんな穏やかな日が戻って来るなんて……。

「まず、お通し。じゅん菜の三杯酢、針生姜添え。じゅん菜は瓶詰のものが年中手に入るから。それからお造りはマグロとヤリイカ、ホタテ」

「おう。美味そうだな。おまえもこっちきて一緒に食べないか?」

「キンキの煮つけを盛りつけたらそっちいきます」

やがて料理がそろうと隆一も席に着いて、キンキンに冷えたモレッティで乾杯してから、魚に合わせて冷えた八仙の大吟醸に皆が舌鼓を打った。八仙は稲造が土産に携えてきたものだ。やや甘みが強いから、本当の酒呑みには好まれないかもしれないが、南部杜氏の醸す深い旨味は魚の味を引き立てる。あまり飲めない美奈子でさえ、2杯、3杯と盃を重ねた。

「料理はどこで覚えたんだ?」

稲造が訊く。

「ずうっと部屋にいたから、ネットで料理のレシピ動画見てた。小さい頃から美味しいものを食べさせてもらってはいたから、舌には自信がある」

「そうか。なかなかのもんだよ。美味い」

「伯父さんにそう言ってもらえると、なんだか嬉しい」

そのやり取りを、美奈子は嬉しそうに目を細めながら見ていた。

一通り食べ終わった頃、玄関の扉が開いて、藤堂隆彦が珍しく早めに帰って来た。

ダイニングに通ずるドアを開けたところで、隆彦は一瞬ぎょっとした表情を浮かべてから、すぐに不快そうに顔を歪めた。

「これはこれは、飯森家がお揃いで囲む楽しい食卓ですか」

美奈子の顔色が変わった。

「あなた、そんな言い方……」

「何か文句があるか?　ここは誰の家だ」

「まあまあ、隆彦君。留守中かってに上がり込んで悪かった。一緒に一杯やらないか?」

稲造は隆彦の気持ちを慮《おもんぱか》って、なだめるように穏やかに話しかけた。

「いや、お構いなく。と自分の家で言うのもなんだが、どうぞごゆっくり。疲れているので、僕は先に風呂を使って休ませてもらいます」

突然、隆一が立ち上がり、テーブルの上のものを手で床に払い落した。

隆一の勢いに隆彦は一瞬たじろいだが、稲造の手前もあってか、すぐに虚勢を張って隆一に詰め寄り、対峙した。

「貴様、何のまねだ」

隆彦の威圧的なことばに反応して、隆一は隆彦の胸倉を摑み、隆彦の足が床から離れるかと思うほど絞め上げ、さらに後ろに突き飛ばした。

隆彦も負けていない。起き上がりながら悪態をつく。

「母親も包丁を持つしか能がなかったが、お前もまともにできるのは包丁を扱うことだけなのか?」

言いながら両手を前に出し、隆一の胸を突いた。そこからは二匹の雄の闘いのような取っ組み合いがはじまり、部屋中のガラスや調度が破壊された。稲造も止めに入ったが、さすがに若者のほうが体力が勝っており、とうとう隆彦が立ち上がることをやめた。切れた唇から吐き捨てるように、

「勝手にしろ」

そう言うと、よろよろと体を起こし、ダイニングから出て行った。

「いつだってそうだ。おれや母さんのすることはいちいち気に障るのさ」

そういうと隆一はダイニングを飛び出し、階段を駆けあがり、二階の自室に籠って鍵をかけた。

しばらく部屋の中から、書棚などの家具が倒れたり、重い物が落ちるようなくぐもった音、ガラスの壊れるような鋭い音が続いていたが、誰も様子を見に行こうとするものはなかった。

「美奈子、後始末が大変だな。手伝うよ」

「すみません」

美奈子は消え入りそうな声で言った。

それから数日、隆一の部屋は不気味な静けさを保っていた。

＊

アジア電力関西本社。

「なに？　X原発で放射能漏れ？」

「専務、X原発所長から連絡が入りました。至急本社とWEB会議を繋いで御指示を仰ぎたいと言っています」

「御指示も何も、まず状況を把握するのが先だ。放射能漏れなどこれまでも度々あっただろう。何をWEB会議などと大げさなことを言ってくる。それとも何か？　これまでの事象とは違って、WEB会議を招集しなければならないほど重大な事案が生じたとでもいうのか？」

「それがその……、切迫した事態のようです」

「なら、さっさとWEB会議の段どりをつけろ。何が何だかまったくわからんでは対処のしようもなかろう」

「わかりました」

一報を伝えに来た秘書室長が早々に退出した。


本社最上階の大会議室。

正面に大きくとられた床まで続く窓からは、遠くに蒼く続く山々がなだらかな起伏を見せている。会議室全体を占める楕円形のテーブルには、社の主だった経営陣が着席していた。

テーブルのどの席からでも見えるように天井からいくつかぶら下がっているモニターにはすでにX原発管理センターの会議室の映像が映し出されている。


「では、オペレーションセンターから概要をご報告申し上げます」

X原発所長の梶原勝利が口火を切った。

「昨未明、5時18分頃、オペレーションセンターのモニター上に4号原子炉の冷却装置内の圧力低下の表示がありまして、当直員が現場の点検に行ったところ、タービンを回した蒸気を冷却するための配管、すなわち、循環水ポンプと復水器の間の弁付近から海水が漏れているのを発見しました。

２台のポンプのうち海水漏れの確認された配管に接続された１台を停止させました。ついで冷却効率の低下が懸念されるため、原子炉の出力を65％に下げたうえで漏水箇所を調べました。その結果、本日の検証において漏水の箇所は弁そのものではなく、配管の接合部付近に径４㎝の亀裂が生じているのを発見し、そこからの漏水であることを確認しています。

なお、配管の破損個所は１カ所ではなく、付近に径１㎝ほどのものが２カ所、計３カ所の破損が確認され、原子力規制委員会に報告すべき事案と判断します」

日本の原発はそのほとんどが海に隣接している。

高温の蒸気で発電タービンを回した後の水蒸気は、復水器で冷やされて水に戻され、再び、沸騰水型原子炉では原子炉へ、加圧水型原子炉では蒸気発生装置へ送られる。これらは閉鎖回路であり、この回路内の水蒸気を回路外から冷却する装置が復水器（発電タービンを回した後の蒸気を冷やして水に戻す装置）である。復水器での冷却には大量の水が必要とされるため豊富にある海水が使われている。そして水蒸気から奪った熱を帯びた温かい海水は海に放出される。冷却水として海水を取り込むのも、冷却後の暖かい海水を放出するにも、海のそばであることが原発立地の必要条件となる。だから、日本の原発は海の近くにあるのだ。昨今いわれる海水温の上昇は、原発から排出される暖められた冷却水の影響も無視できないはずだ。

冷却水に海水を使用することの大きな問題は何か。それは海水がもちろん塩水であり、腐食性が高いということ。冷却水のパイプもその他張り巡らされたパイプやケーブルの金属製のものは、塩水に晒されれば錆びる。これは小学生でも知っている。だから、冷却水の海水が流れる復水器やパイプに穴が開き、冷却水が漏れるのは当然の成り行きなのだ。そして、そのような事態が起こった時、電力会社側は必ず「環境に影響を及ぼすような放射能の漏洩はなかった」という。

元々、冷却のための経路と放射能を帯びた水の流れる発電のための閉鎖回路内の水は、直接接触することはない。ただ、原子炉周辺には常に放射線が発生しており、周囲の物質を放射化してしまう。つまり、周辺の物質が放射能を帯びてしまう。

また経路に生じたわずかな欠損から少量でも冷却水が漏れ続ければ、冷却水の水位が下がり、冷却が不十分になり、炉の温度が上昇することも考えられる。

「で、現況と対処はどうなってる？」

本社側からは、まずＣＥＯである平田健三が質問した。

「取りあえず４号機の運転を止め、穴の開いた配管の修理を計画していますが、放射能管理区域内の作業になり、当該箇所はかなりの放射線量を帯びていることが予想されます。なかなか困難を伴うと思われます。もちろん対外的には環境への放射線漏洩はないと発表してあります」

所長の梶原が答える。

「復旧は可能なのか？」

「はい。数日中には配管及び、弁の取り換えが完了する見込みです」

「では、どうしてわざわざＷＥＢ会議など招集する」

「……実は、御存じのように、配管破損と漏水は今回が初めてではなくて、以前、３号機にも今回ほどではないものの、小さな配管の破損と少量の漏水がありました、この時は現場からの報告に対し、本社からの指示で、原子力規制委員会への報告はせずに、当社のみで修復、処理した経緯がございました。３号機の運転開始期日は、４号機より2年程早いということは、４号機における施設の劣化は、３号機でも当然生じていると考えられ、この2基の原発稼働については、重大な懸念があると考えるからです」

「何をいまさら。国が安全審査を行ない合格の太鼓判を押しているんだ。問題が起きるはずはない。よしんば問題が生じたとしても、それは、ＧＯサインを出した国の責任になるというものだ」

「ですが、今回の漏水では、看過できないほどの環境汚染を認めました」

「なに？　それをそのまま規制委員会に報告したのか？」

「いえ、まだです。放射線漏れはごく微量で、環境への影響はない、と報告しました」

「それでいい」

「ですが、いずれ発覚します。環境汚染の影響も出るでしょう」

「馬鹿を言え。放射線の影響など、余程の高線量を一時に浴びたのでない限り、その影響が顕性化するのは数十年後、あるいは世代を跨いでの話だろう。その影響についての証明はもちろん不可能だ。その頃には現行の原子炉は廃炉になっているだろうし、たとえ稼働していても、その頃には我々はもうここにはいない。責任を負う立場にない。つまり、現在の正確な事実については言及する必要はない、ということだ」

「ですが……」

「いいか。原発は国策なんだ。我々は粛々と国の指示に従っていればいい。F原発の事故を見てみろ。電力会社は責任を問われない。まったく持って不十分ではあったが、事故については国が贖った形だ。そのことを肝に銘じろ。

そしてもうひとつ。漏水の事象については記録上日常的な補修課題と評価し、環境に対する放射能汚染についてはできうる限り調査の方針であるとして報告しろ。復旧だけは速やかに行なえ。いいな」

「……わかりました」

WEB会議はCEO平田の一喝をもって終了した。


数日後、X原発所長の梶原から再び本社に緊急の連絡が入った。

「今度はなんだ」

平田はイライラと答えた。

「配管の交換作業中、2名の作業員が配管内に残っていた循環冷却水を全身に浴びてしまい、大学医学部付属病院に搬送されました。緊急に放射線障害治療センターが設置された模様です」

梶原が報告する。

「まったく、なにをやっているんだ。たるんでるんじゃないのか?」

「申しわけございません」

「まあ、いい。それで、作業員の被爆の程度はどうなんだ」

「はい、被災部の皮膚に若干の発赤が見られましたが、それほど放射線量の高いものではなかったので、現状では生命に別状はないようです。ただ、これから障害が出てくる可能性はあるとの医師の話でした」

「経過を知らせてくれ」

電話を切った後、平田は秘書に言って、技術開発部長を部屋に来させた。

「社長、お呼びですか」

「X原発の件、聞いてるな?」

「はい」

「今度は、配管修理中の2名の作業員が、配管の中の汚染水を浴びて大学病院に搬送された」

「なんと」

「どうも士気が落ちているようだ。おまえの所から人をやって陣頭指揮をとらせるか……待てよ、あいつがいい。以前技術開発部長でもあった元取締役の飯森がいい。うまく収拾できなかったらあいつに責任を取らせよう。会社にとってはいろいろ面倒な奴だから、追っ払うのにちょうどいい」

「今は東京支社の資料情報室長をされている飯森元取締役ですか？」

「ああ、そうだ」

「なぜ飯森元取締役を担当に？」

「奴は、X原発建設時の技術開発部にいて、X原発の生き字引みたいな奴だ。奴だって、若い頃は原子力の技術畑で理想に燃えて情熱を注いでいたんだ。資源のない狭い国土に人口の密集した日本では、産業・技術立国しかない。そうなると何より必要になるのは莫大な電力だってな。

だが、奴は考えた。原子力発電の先には未来はない。どうしたって核のゴミは出る。狭い国土で、おまけに地震大国の日本には、原発も、核廃棄物も、安全に維持、保管できるところなんかない、ってな。草創期の1基や2期の原発なら、何とか目を瞑《つぶ》れた。それがいまや54基だ。人間がひり出す糞より多い核のゴミは、もはやどこにも行き場がない。だから、これ以上の原発稼働継続、再処理の推進、フルMOX燃料原子炉の増設、サイクル事業の進展に、反対し続けるようになった。実に青臭い論理だ。これは国策だということが奴にはわかっていない。我々にNOという選択肢はないんだ。

そういったわけで、奴は今回の事故処理には適任だし、閑職を与えて飼っていたのはこんな時のためだ。責任を被ってもらうにはうってつけだろう」

「なるほど」

「おい、東京支社につないでくれ」

平田は秘書に声をかけた。まもなく飯森と電話がつながり、平田はこれまでの経緯を説明してさっそくX原発に出向くよう指示した。

＊

X原発に着いてから、稲造は配管の破損個所の報告を受け、可能な範囲で現場を視察した。その後、入院中の被爆した作業員の元を見舞いに訪れた。幸い作業員の被爆線量はさほど高くはなく、汚染箇所の限局的な軽度の放射線熱傷のみであった。現状では軽い火傷のような発赤とびらんがあるだけだが、発癌や骨髄抑制などの慢性的な晩発性放射線障害が今後現れる可能性は否定できない。かなりの確率で健康が害されるだろうという懸念は一生ついて回る。


配管の破損の実態は予想以上に深刻だった。すべての原子炉について、配管や接合部、老朽化した原子炉本体の精査、点検が必要な状態と考えられた。だが、それを行なうためには、原子炉の運転をとめて総点検しなくてはならない。これは大ごとだ。そんなことは会社が受け入れるはずがない。

（これはもう修復という段階ではない。健全な動作が可能なうちに、いかに安全にすべての原子炉の廃炉作業を行なうか、すでにそういうことを具体的に考えるべき時だ）

稲造の考えをそのまま本社に伝えれば大きな反発があるだろう。だが、施設と近隣住民の安全を最優先に考え、真摯に対策を講じること、それが企業が果たすべき社会的責任であり、そのために会社は一時的には少なからぬ損失を被ることになるだろうが、長期的に見ればそのほうが結果として企業価値を高めることになる。何より環境と住民の生命を守るためには絶対に必要なことだ。考えれば、それが最善の方法なのだ。

稲造は、約1カ月間、X原発4号機の破損個所修理の実質的な作業管理を監督し、一応の復旧をみた。しかし、このまま通常運転に踏み切るには抵抗があった。近い将来、事故再発の危険が伴うことを会社に報告し、会社以外の他の電力会社や原子力規制委員会にも報告しなければならない。それが技術者としての責務だと考えた。耐用年数の過ぎた3号機、4号機について、廃炉に向けた事業計画が早急に必要である旨、会社に対し上申書を作成し、提出した。

＊

数日後、本社からの呼び出しがあり、稲造が出向くと、ＣＥＯの部屋に通された。

「ご無沙汰しています」

稲造が挨拶すると、平田は「ふん」と鼻を鳴らし、稲造にソファを勧めた。

稲造が腰掛けると机の向こうから声をかける。

「あまり会いたくはなかったがな。君と会うときはトラブルが生じた時だけだから」

稲造は、(確かに)、と思いながら曖昧に頷いた。

「で、X原発の後処理はどうするつもりだ?」

「配管の破損の程度、環境への放射能漏出の有無とそのレベルにつき、県や国の行政機関と原子力規制委員会へ報告をします」

「待て、そのままを報告するつもりなのか? まったく調整せずに?」

「もちろんです。同じような事故の危険は全国すべての原発に共通しています。今回は冷却水漏れがあり、原子炉冷却水の圧力が下がった時に、それに対するモニタリングシステムがきちんと作動し、システムの発する警報に早く気づいたため、炉心の温度が限界以上に上昇するということは避けられた、事故は辛くも回避されたという状況でした。運が良かっただけです。

他の53基ある原発はどこも同じような状況で、ほとんどは耐用年数を超え、どこの原発で事故が起こってもおかしくない。事実を公表して事故の危険について周知徹底し、予想される事故の発生を防がなければなりません」

「他の原発でも事故が起きうるだと? だからなんだというんだ。そんなことはどの電力会社でも百も承知で原発を稼働している。それでも止めるわけにはいかないんだ。過酷事故発生の逼迫状態だったと公表して非難の矢面に立たされるのがなんでうちでなくてはならないんだ?」

「隠しおおせるものではありません」

「それをするのが君の役目だろう」

「……」

「とにかく、かつての技術開発部門を仕切っていた君が責任者として、できるだけ会社にダメージの少ない方法で幕を引け。業務命令だ」

CEO平田と稲造は同期入社で、かつて当時花形であった原子力発電部門で将来の会社幹部候補としてその出世競争で鎬《しのぎ》を削った間柄であった。

平田が取締役に昇進したとき、稲造も候補の1人であったが、直前の新規原発の建設計画の承認を得られたことで平田は他候補に一歩先んじていた。

ただし、この新規原発建設に関して平田は、その地方選出の代議士に対し政界工作を行なっている。つまり、贈収賄騒動を起こしていた。

この時の贈収賄は議員の秘書と会社の部長クラスの人間との間で行なわれたこととして処理された。稲造は事の真相を知っていたが、スキャンダルをネタにライバルの脚を引っ張るようなことはしなかった。その結果その時の昇進は平田に決まり、以降平田は出世の階段を昇り続けることになる。

この時以来、同時に稲造は国の原子力政策と会社の姿勢に強い疑念を抱くようになった。

「平田さん。あんたが取締役になったとき、政界工作で詰め腹を切らされた部長がいたよね。あれはあんたがやったことの責任を負わされたんだ。あの人がその後どうなったか、知ってるか？」

「そんな昔のことは忘れたよ」

「だろうね。だが、ひどい目にあわされたほうは、そのことをずっと忘れないよ。覚えておくほうがいい。夜道がいつも明るいとは限らないし、自分の足元もいつすくわれるかわからないってことをね」

平田は稲造をきっと睨《にら》んだが、プイと顔をそむけた。

「もういい、下がれ」

稲造は悟った。引退同然の自分がどうしてX原発の事故処理の現場に呼ばれたのか。

稲造がかつての技術開発部の中心的役割を果たしたのは事実であり、そのために事故処理の指揮のために呼ばれたと言えば筋が通る。だが、それだけなら本来、本社の現在の技術担当者が事故処理の責任ある地位につくのが当然だろう。嵌められたのだ。X原発の事故の全ての責任は、かつての開発の責任者であり、現在の事故処理の最高責任者たる自分が取らされる。

いいだろう、責任は取ってやろう。その代わり、事故原因や周辺環境への影響などの調査結果について、会社の思惑通りに改竄、隠蔽は金輪際するものか。事故について住民から非難されてもいい。会社から相応の処分を喰らってもいい。真実を洗いざらいぶちまけてやる。原発関連施設の危うさを国民全部に知らしめてやる。国の方針や会社の思惑などどうでもいい。

稲造は心に誓った。

数日後、今回の事故に関する収拾と原因調査、周辺環境や人的被害についての報告記者会見が行なわれた。

事故が配管の破損多発のみであれば、記者会見が開かれたかどうかは疑わしい。その修復過程で2名の作業員が汚染水を浴びて被爆したという不測の事態が発生したことにより、世間への報告が必要となり、記者会見が開かれることになったのだった。

稲造はまず、並んで座る現場の施設及び技術責任者と共に席を立ち深々と頭をさげ謝罪した。その後、あらかじめ報道陣に配布した報告資料にある会社の公式見解に沿って報告を始め、一通りの説明が終わった後で、その場に集まった取材記者たちの質問を受けた。

記者たちからは予想通り、複数個所の配管の損傷がなぜこれまで看過されていたのか。同様の事故は再発の可能性はないのか。放射能を帯びた汚染水を浴びたことにより被爆した作業員の障害の程度や現在の様子はどうなのか、などにつき厳しい追及があった。

通常であれば、このような記者会見の場合、明言を避けつつ曖昧な表現で質問には答える、といった感じの受け答えをするところだろうが、稲造にはそんなつもりは毛頭ない。

会社側に提出した記者会見用の資料には会社が満足するような報告書を載せておき、実際の会見の質疑応答には真実を真摯に答えるつもりでこの場に臨んでいた。

会見場には新聞、雑誌を始め全国ネットのテレビのキー局など、複数のメディアが集まる。もちろんソーシャルメディアと言われるものも出席するはずだ。そういった動画サイトでは、ニュースはリアルタイムで生配信されることは大いにある。

テレビキー局などの大手メディアは、一瞬はそのままで電波に乗るかもしれないが、その後はすぐに会社からの働きかけにより、会社にとって不都合な部分は割愛して加工された映像をニュースとして流すだろう。二度と流さないかもしれない。そんなことはとうに想定済みだ。一方、ソーシャルメディアの放送内容は、そんな会社や政府の思惑にはあまり影響を受けない。圧力によって一部のサイトで配信が削除されることはあっても、一旦ネットワークに乗った情報は、一般視聴者により無限に拡散される。それこそが稲造の狙いだ。


「配管の破損個所はこの資料に記載の5個所のみですか？」

「はい、現在実際に破損し、冷却水が漏れていることが確認されたところが5個所だという意味です」

「では、現在は冷却水漏れが確認されていなくても、将来今回と同じようなことが起こる可能性のあるところはまだある、ということですか？」

「その通りです。しかもその可能性は今回のX原発に限ったことではありません。日本中の原発の、稼働中のものも運転休止中のものも含めて、すべてその可能性があるということです。日本中にある原発はほとんどが耐用年数を超えており、しかも冷却水として使用している水は海水です。冷却水の取水と排水の利便性のために、多くの原発を津波などによる被害の危険性の高い海岸に立地させている。自然災害の危険に加えて、さらに海水を使用した設備は、常に酸化、つまり錆による腐食の大きな危険を伴っているということは誰もが知るところです」

この稲造の発言を聞いて、稲造の両脇に座っているX原発の技術者たちは呆気にとられたという表情で稲造を凝視していた。

会見場の袖では、駆けつけていた本社の幹部クラスの社員たちが忌々しそうに稲造を睨んでいた。

「では、原発をこのまま稼働させるのは危険である、と？」

「もちろんです。原発は建設当初から計画自体がおかしかった。我々電力会社の社員、とりわけ原発事業に関わる者たちの間でよく言われてきたことですが、原発を作り、稼働させるということは、トイレのないマンションを作り、そこに人を住まわせるのと同じことです。原子力発電を巡る現状を例えるなら、人が生活している以上絶え間なく生み出される汚物を、自宅内に溜めておくしかなく、もはや溜め込むことができないほど増えた汚物を、今度は、縁のない人の土地に捨てさせてもらおうとしている、ということです。それが再処理施設への我がアジア電力をはじめ、他の電力会社のしようとしていることなのです」

そこで会見の進行役の者が割って入った。

「今回の会見は、先ごろのX原発における配管の破損による冷却水漏れの実態と、それによる環境への影響、事故処理作業中に汚染水を浴びた作業員の方々のその後の御様子、アジア電力の事故対応とその後の経過についての会社からの報告ということです。それ以外の個人的見解については、ご発言を御遠慮いただきたいと思います」

進行役の司会者が会社の意向を汲んで会見を切り上げようとする姿勢をみて、会場にいた記者たちは一斉に不満の声を上げた。

「ちゃんと質問に答えろ」

「もっと質問させろ」

やじも飛ぶ。

1人の記者が手を上げる。

「では、負傷した作業員の方の御様子はいかがでしょうか」

「現時点では生命に関わる病状はありません。ですが、発癌、造血障害、生殖に関する問題などの慢性の晩発性放射線障害については、今後も厳重に観察していく必要があるとの担当医の御説明でした」

「作業員の今後について、会社は責任を持って対処していくおつもりはあるのでしょうか？」

「はい。もちろん、当該作業員のみならず、全従業員、近隣住民の方々の健康管理に努める所存です」

「保障については？」

「会社全体として善処したいと思います」

アジア電力本社の会議室で、経営幹部たちはこの会見を苦々しい思いで見ていた。

「誰だ、こいつを事故処理の責任者にした奴は」

常務の1人が堪らず声をあげる。

「おれだ」

CEOの平田が言う。先ほどの常務はぎょっとした表情で平田のほうを見てからバツが悪そうに目を逸らした。

「飯森が社内で原発増設と再処理施設利用に反対していることは皆知ってる。事故処理の不手際の責任を取らせて、目障りな石ころを取り除くつもりだったんだが……。後がないことを逆手に取られて言いたい放題を許してしまった。このままでは済まさない」

と悪態をついてみたところで後の祭りだ。平田は臍《ほぞ》を噛んだ。

「会見を止めさせろ。もう十分だ。これ以上会社が痛手を被るようなことがあってはならん」

平田のことばをきいて秘書が会議室を飛び出して行った。

数分後、会見場では本社からの指示を受けた司会者が、稲造と記者たちとの質疑応答に再び割って入った。

「予定の時間が過ぎましたので、本日の会見はこのあたりで終了させていただきます」

記者の間からは不満の声が上がった。稲造も司会者に対し、抗議の声を上げた。

「まだ終わっていない。質問が上がっている以上、全てに真摯に答えるべきだ。それでなくては記者会見を開く意味がない」

司会者は稲造の抗議を無視してアナウンスを続けた。

記者たちからは罵声が飛び、多くは司会者に詰め寄った。

司会者は叫んだ。

「質問については、後ほど書面で回答を送付いたします！　当方へ書面でもってご提出くださるようお願いいたします！」

強引な幕引きだったが、会場は紛糾し、もうまともな会見を行なうことはできなかった。

この展開は稲造には予想されていたことだった。会見の初めに今回のX原発の事故と全国の原発の孕む問題についてはすでに話していたので目的は遂げていた。

（おれの会社人としての人生は終わる。それもよし。だが、平田もただでは済まないだろう。おれを事故処理の責任者として指名し、会見で会社の責任と事故の深刻さを暴露させてしまったこと、国による原子力政策の問題に対して一石を投じるようなことをライブ映像で公表させてしまったことに関して責任を追及されるはずだ）

会見で語られたことは、全国紙の社会面とその日のテレビなどのニュースではスポット的に流されたが1日だけの報道で終わってしまった。しかも稲造の言わんとした原子力事業の孕む危険については、生放送中に流れた一部以外は二度と放送されることはなかった。これも予想されたことだった。電力会社は多くの大手メディアの大口スポンサーだ。電力会社にとって都合の悪いことが大々的に流されることがないのは自明の理だ。

全国紙に記者として就職した知人から、経済担当部署に配属されてまず最初に上司から言われたのは、「原発については書くな。書いても載せない」ということだったと聞いたことがある。だから稲造は今回の会見にはWEBのニュースサイトも数カ所呼んでいた。大手のメディアでの報道は期待できないが、WEBでの拡散は期待できる。それで十分だ。むしろそのほうがいい。WEBで拡散されたものはけっして消えることがないからだ。

稲造は再び本社に呼び出された。

「どういうつもりだ。放射能被害を針小棒大に言いやがって。全国の原発が危険だ、などと公共の電波で触れ回って、電力業界での我が社の立場はどうなる。相当な突き上げを喰らってるんだぞ」

「事実を公にしただけです」

「貴様、今でも会社の人間だということを忘れるな。会社に対する背信行為だぞ。責任はとってもらう」

「もとより覚悟のうえです」

アジア電力の公式発表で、今回の事案収拾プロジェクトのリーダーである稲造の引責辞任が明らかにされた。施設の不備も、事故の責任も、作業員の被爆も、全て稲造の監督不行き届きが原因とされた。

十四　渋谷道玄坂のR郷

会見の数日後、稲造は残務処理をして会社を退職した。

大阪の自宅に転居するための引っ越しの準備に追われていた金曜日の午後、隆一から電話が入った。

「伯父さん、大丈夫？」

「ああ。私は大丈夫だ。そろそろ潮時だよ。それより、なんかうまいもん食いに行くか？」

「え？　いいの？」

「もちろんだ。何がいい？」

「なんでも」

「そうか、じゃ、渋谷道玄坂のＲ郷、覚えてるだろ？　どうだ？」

「うん、いいね。久しぶりだ」

「そうだろう？……あ、そうだ、母さんも一緒にどうだ？　伯父さんの送別会ということで、兄妹のお別れ会もついでにさせてくれよ。……でも、父さんに叱られるかな」

「ううん、大丈夫。父さんはこの頃あまり家に帰らない。仕事が忙しいって言ってるけど……多分家にいたくないんだ」

「そうか。じゃ、母さんと3人で思いっきり食べよう。紹興酒もボトルで頼んじゃうぞ」

「うん」


渋谷のＪＲ駅前交差点を挟んだ大型書店の前で待ち合わせて、店に向かった。

渋谷駅から道玄坂を三分の一ほど上がって道玄坂センタービル横の道玄坂小路を右に入るとまもなく、道が右側に緩くカーブした正面に、煉瓦造りの城砦のような建物が見えてくる。

通りから正面に見える壁には「Ｒ郷」と漢字で大書されたネオンサインが掲げられている台湾料理の店だった。六等分するように対角線上に格子の入った丸窓が建物の道路沿いの二階の壁に並んだところからすると、船をイメージしたものかとも思われる。

ここでは手頃な値段で本格的な台湾料理が楽しめる。だからいつも混んではいるが、料理人の数も多く、気取った食べ物ではないから、客の回転は速い。少し並んでも待っていればまもなく食事にありつける。だから、店の大半を占める数個の大きな丸テーブルは少人数で出かけると相席になることも多い。

金曜日の開店間もない早い時間だったからか、稲造たちは着いてすぐに中に入ることができ、二階へ上がるよう指示された。中央の10人ほどが座れる丸テーブルに先客と相席で腰掛けた。

「久しぶりで、なんかワクワクする」

楽しそうに隆一が言うと、美奈子も微笑んだ。

(そう、それでいい。笑う門には福来たる、だ)

腸詰めと黄ニラの炒め、シジミの炒め、青菜の炒め、焼きビーフン、アワビとナマコのXO醤炒め、ニンニクの芽の炒め，豆苗の炒め、五目チャーハン。そして燗をした紹興酒。

いつも注文するのは前菜みたいな料理ばかりだが、それが食べたくてここに来る。炒めものが多いが、野菜中心なのでさっぱりと食べられる。皿数が多くても大人3人ならこれくらいはペロリだ。高くはない紹興酒の独特の香りとコクに舌鼓を打つ。酒のあまり強くない美奈子は紹興酒に氷砂糖を入れて甘さを楽しんだ。

料理はいつもと変わらず美味しかった。

稲造たちが半分ほど食べ進んだところで、背中合わせのテーブルにいた客が食事を終えて席を立ち、代わりに2人連れの男性客が案内されてきた。見るともなく目を向けると、彼らは少しいい会社の勤め帰りのサラリーマンという感じ、あるいは官庁勤めかもしれない。きちんとした格好をしていた。

男たちは注文を終えると、まず運ばれてきた生ビールの入った店のロゴ入りのジョッキを挙げて軽く合わせ、会話を始めた。少し年上に見えるほうの男が言う。

「こないだのアジア電力の会見、見たか？」

「ああ、リアルタイムじゃなくてWEBで見ました」

「今回の事故収拾の責任者だっていうアジア電力の幹部、どうしちゃったのかね」

席と席が触れるほど近く、聞くつもりがなくても耳に入る会話に反応したのは、背中合わせで会話が手に取るように聞こえる隆一だった。会話の内容が稲造に関することだとわかったとたん、隆一の顔にさっと緊張が走り、思わず稲造を見た。

稲造は静かに首を振り、気にするなという意志表示をした。

2人連れのうち若いほうの男が言う.

「質問に対する答えが直截すぎるってことですか」

「直截も直截。あれじゃあ会社や電事連、政府に真っ向から喧嘩を売ってるようなもんだ。あんな会見、会社がよく許したな」

「いや、会社の意向に沿った会見じゃなかったでしょう。生で放送されてたし、佳境に入ったら司会者が強引に幕引きした。ここぞとばかり玉砕覚悟の真実暴露だったんじゃないですか。あの幹部、たしか事故とその後の作業員被爆の責任を負わされて、会見後に引責辞任させられてましたね」

「引責辞任で済めばいいほうだよ。消されたっておかしくない」

「三田さん、物騒なこと言わないでくださいよ」

「ぶっそう？　確かにな。でも、そんなに珍しいことじゃない。たまにあるさ。特に原子力問題に関しては、政府も神経質になってるから。後々問題になるかもしれない発言やデータの公表はすぐ潰されるし、関わった人間についてもその後の消息は怖くて追えないってことがよくある。その後の消息なんて知りたくもないね」

「三田さんの部署はずばりその真っただ中ですもんね」

「ああ、そうなんだよ。勘弁してほしいよ。あんな生中継もあるような場面で、事実を公表されたら、原発を推進している政府としては立場がないよ」

「あの会見の際どい部分は、その後あまりとりあげられませんね」

「そりゃそうさ、すぐにいろんなところが火消しに奔走したからな。でも、ソーシャルメディアで拡散されたものは、できるだけは対処してるだろうが、それでも消しきれない一定数のものはそれこそ無限に拡散されていく。厳しい対応がせまられるだろうな」

「厳しい対応？」

「……」

「消息を追うのが怖い、という人たちの１人になる、ということですか？」

「その可能性もある、ということさ」

隆一は言い知れない不安と怒りを感じていた。隆一の気持ちを察した稲造は何でもないふうに隆一に話しかけた。

「さあ、食べなさい。紹興酒ももう少しどうだ?」

隆一はなんとか気を取りなおして再び食べ始めたが、もう味はわからない。料理の皿が空になると、稲造は隆一と美奈子を促して席を立った。

会計を済ませると店の前の道玄坂小路を、来た時とは反対に抜け、東急本店のある文化村通りへ出て左折、文化村で開催中の美術展を覗いた。金曜は閉館時間が19時までなので1時間弱、駆け足で観て回ったあと、通りでタクシーを拾うと隆一と美奈子を乗せて家に帰した。

「伯父さん、大丈夫?」

タクシーの窓を開けて、隆一が心配そうにまた同じ質問をした。

「大丈夫だよ」

稲造もまた同じ答えを返した。

*

隆一は「R郷」で聞いた会話から、彼らは原発を監督する省庁の職員らしいと考え、経済科学省エネルギー開発庁の職員をネットで探す。三田の名前を見つけた。

三田は、消されるとか、消息を追うのが怖くなるとか言ってた。それは稲造伯父さんに何かよくないことが起きるということか？　何とかしなくちゃ。どうしたらいいんだろう。

稲造に何かが起こるとして、三田が何かをするわけではないだろう。それはわかるが、他に「何か」を探る手立てはない。隆一は三田の動向を探ろうと思った。

隆一は翌日からエネルギー開発庁のある霞が関の経済科学省別館に通い、外から様子を伺った。何日かが過ぎたが、見覚えのある顔は見つけられなかった。男の容貌についての記憶も定かではない。官庁に出入りする男たちはみな同じような恰好をして同じような顔をしていた。

5日目の夜、帰宅する職員もまばらになり、諦めて国会通りに出て東京メトロ千代田線の乗り場へ向かい、乗り口の階段を降りると、後ろから官庁職員らしい数人が足早に降りてきた。彼らが隆一の横を追い越す時、聞こえた話し声のひとつに聞き覚えがあった。

渋谷の「R郷」で見かけた男たちのうちの1人、若いほうの男の声だった。もうどっちでもよかった。どっちにしろ万が一稲造に危害が及ぶことがあるとしても、実際に手を下すのはどうせ彼らではない。それでも危害を加える側に属する人間だということは確かだ。隆一は男の後をつけた。

男たちは地下鉄に乗り、それぞれの目的の駅で下車して行った。3番目に地下鉄を降りた目的の男の後をつけ、その男のマンションまでついて行った。たどり着いたマンションは華美に過ぎることはなく、堅実な家庭を営む者たちの巣のようだった。

何をしようという確たる目的があったわけではないが、隆一は翌日から朝早くそのマンションを訪れ、エントランスを見張って男の行動パターンを調べた。男はほぼ毎日、小学生の女の子を最寄りの駅近くのスクールバス昇降所まで送り、娘を送り届けてからそのまま仕事へ向かっていた。通学は比較的早い時間帯なので周囲の混雑はさほどではないが、それでも通勤、通学の人通りはそれなりにあった。

男の行動パターンを摑んだ隆一はまたしばらく部屋に籠った。

＊

2週間後、稲造は独り身で住まいしていた賃貸のマンションを引き払い、年老いた両親の住む大阪の実家まで車で帰る途中隆一の家に寄り、小一時間ほど美奈子と3人で談笑した。

「これでやっとゆっくりできるな。引責辞任つったって懲戒免職じゃないんだ、少し早まりはしたが、退職金だってちゃんと出る。天下のアジア電力だ、老後の心配はないぞ。大阪にも遊びに来いよ。大阪は安くて美味いもんがたくさんある。どこに行ってもはずれがない。隆一が興味のある料理の参考にもなるはずだ」

玄関先で稲造はにこやかに話して車に乗り込んだ。

「絶対大阪行く。お爺ちゃん、お婆ちゃんにもよろしく伝えて」

隆一も元気に答えた。

数時間後、美奈子の元に母親から電話があった。

「美奈子？　どうしよう。稲造が死んじゃった。どうしたらいいんだろう」

「え？　どういうこと？　兄さんが亡くなったって、どうして？」

母親はひどく狼狽していた。どういう状況で稲造が亡くなったのか、さっぱり要領を得ない。

「何かの間違いじゃないの？　だって、ほんの数時間前、うちに寄ってくれたんですよ。これから帰るって」

「ああ、マンションを出る時、これからそこへ寄ってそのままうちへ向かうって、電話があったから楽しみにしてたのに。それが……」

やっとのことで母の話からわかったことは、東名高速の日本坂トンネルを出たあたりで、並走していた大型トラックと接触して車が弾かれ、道路脇の防護壁に衝突したということだった。

「そんな……。兄さんは今どこにいるんですか？」

「まだ病院にいるんだよ。死体検案が終わるまで帰れないとかで、まだ家に帰ってこられないんだ」

「お母さん、大丈夫なの？　しっかりしてね」

「ああ。警察から連絡があったとかで稲造の娘も来てくれた。おまえもとにかくこっちへ向かっておくれ。お爺ちゃんも家にいるから。気を付けるんだよ」

「わかった。すぐ向かうから。何かあったら連絡してね」

美奈子は、突然のことで俄《にわ》かには信じられなかった。母も実感がないのだろう、最愛の長男の突然の死に際してもどこか他人事のようだった。

とにかく駆けつけないといけない、と美奈子は隆一に声をかけた。

「隆一！　隆一！　伯父さんが大変なの」

取るものもとりあえず、といっても喪服は準備しなければならない。大急ぎで必要なものをキャリーケースに詰めると隆一と2人家を出た。隆彦にはメールでおおよそのことを伝えておいた。

隆一には、稲造の死が単なる事故死だとは思えなかった。渋谷の「R郷」で聞いた会話が思い出される。

（伯父さんは、「その後の消息を知るのが怖い人たち」の1人になってしまったのだろうか）


実家に帰りつくと美奈子は、惚けたように力を落とす両親の姿を目にした。

彼らにとって稲造は自慢の息子だった。自分たちが安心して看取られ、それからゆっくりあっちの世界で再会するものと思っていたのに。あまりのことにわずかの間にすっかり老け込んで二回りも小さくなったように見えた。かける言葉もなく、美奈子は母親の肩を抱き、背中をさすってやりながら、2人で泣いた。隣で父も黙って涙を流していた。

初七日も過ぎ、父と母を稲造の娘に託して、美奈子は隆一と一旦東京へもどった。

美奈子の夫の隆彦は、稲造の通夜と葬儀には顔を出したが、葬儀の後、仕事があるからと、そのままで駅へ向かい、美奈子たちより一足先に東京へ帰っていた。

その頃にはもう、隆彦はウィークリーマンションに居を構え、美奈子たちの家には帰ってこなくなっていた。

十五　工藤刑事、動く

久々にF県を訪れた高梨と洋三は、先頃起こったX原発の事故について話していた。

「X原発だけの問題じゃないんだ。日本中の原発で起こりうることなんだ。開業当初に想定された耐用年数はとっくに超えてる原発だらけだ。その間、それらの原発は、たとえ直接の被害はなくとも、何度となく、中程度から強い地震までを経験している。目に見えない配管の亀裂やズレ、原子炉建屋内のあらゆる構造における亀裂や不具合は必ず存在するはずだ。F原発の事故の後、運転停止となったまま長い時間を経た原発では、その内部構造にどれほどの腐食が進行しているのか、考えるだけでも恐ろしい。

今だって、日本全国で大地震の起こる確率はずっと高いままなんだ。老朽化した原発がその大地震で無事であることなど考え難い。自らの国に、いつ作動するかわからない時限装置つきの核爆弾がたくさん設置されているというのに、政治家も住人も危機感を抱いている者はあまりに少ない」

高梨は残念そうに話した。

「X原発の配管破損事故の後処理で、放射能汚染水を浴びた作業員の方がいらっしゃいましたよね。その方たちのその後はどうなんでしょうか」

「情報は出てこないな。もちろん公式の発表はあるにはあるが、まるで木で鼻をくくったような、中身のない、彼らは大丈夫、問題ないという発表だけだよ。深追いするマスメディアはいないのかね。本当に日本のジャーナリズムは死んでしまった。ま、そんなことを言ったら司法も立法も、もちろん行政もみんな死んでしまってるがね」

「そうですね。そうそう、M市の駐車中の車の中で発見された変死体事件、その後の捜査の進展は、何か聞かれていますか?」

「いや、まだ捜査に進展はないようだ。捜査には大きな壁があるらしい。何とか穴を穿《うが》とうとすると、どこからか邪魔が入るらしい」


「工藤さんも苦戦してるんですね」

「ああ。休日返上で1人で捜査に回っているらしい。それがまた、組織としては面白くないんだろうな」

「大丈夫でしょうか」

「う〜ん。どうだろう。出世が望めないのは確かだな。近々会ってみようと思っているから、何かわかったら連絡するよ」

＊

高梨は、市民団体が原告となっている反核燃サイクル訴訟の裁判の傍聴と講演会のためにA市を訪れていた。予定していた講演会が終わった後の市民団体の人達との懇親会を終え、予め約束していた工藤とA駅近くの郷土料理店で会った。

「裁判のほうはどうでした？」

「いつもの如くだ。原告は事実を切々と訴えているが、裁判官には暖簾《のれん》に腕押しの如く、まったく響かない。被告に至っては、例えば原発建屋や中間貯蔵施設や再処理施設の地下に活断層が幾重にも走っていることを知っていても知らんふりだ。核燃サイクルの技術が不完全だということ、その証拠に試験操業が何年にもわたって延び延びになっていて、一度も成功していないにもかかわらず、それをおくびにも出さない。原告団をあざ笑うかのように傲慢な態度を取り続けている。親方日の丸だと高をくくってやがる」

「親方日の丸はこちらも同じですがね」

工藤が苦笑いを浮かべる。

「失礼。その後捜査の進展は？」

高梨も工藤の突っ込みを軽く受け流す。2人ともお互いの立場を了解した上で協力し合っているのだ。

「部外者の方に詳しく話すわけにはいかないことなんでしょうが、当局はこれを事件性はなく、事故、あるいは自殺である、と結論づけて処理したわけですから、部外秘もへったくれもありません。ただし、捜査する分には警察の看板は役に立つ。捜査対象に警察の内部事情を説明する必要はないわけで、一般の人には身分証を見せれば話を訊くことができる」

半ばやけ気味、自嘲的に工藤は言った。

「確証はないですが、自分の中では、この事件の黒幕は、電力会社かその後ろにいる電事連、さらに上の政府系組織だと確信しています。遺体発見現場や、嶋田さんの立ち回り先と思われるところの数カ所で、新電力サービスの現在使用されていない古いロゴマークを付けたワゴン車が目撃されています。嶋田さんの件には、おそらくそのワゴン車が関わっていると思われます」

「そのワゴン車は新電力サービスのワゴン車ではないのですか?」

「会社では否定しています。その車に描かれてあるロゴは古いもので今は使用されていないものだし、実際そのナンバーの車は会社では所有していない、と言うんです」

「じゃあ、その車が事件に関わっているとして、その車と新電力サービスとは無関係ということなのか? 何者かが新電力サービスをかたって拉致や殺人を行なっているということなのか?」

「そうとも言えません。こうは考えられませんか。会社に都合の悪い人間やことを始末するための実動部隊を抱えているとして、それらの存在は表沙汰にはできないし、発覚した時には無関係を決め込む。しかも活動する時はフェイクのロゴで会社の人間と思わせたほうが仕事がしやすい。つまり、やはりあのワゴン車は新電力サービスのもので、裏の活動を請け負う者たちがいる」

「そうかもしれない」

高梨は難しい顔をして頷いた。

「で、そのワゴン車の人間には見当がついているのか？」

「ええ。おおよそは。ただし、確たる証拠がありません。もう少しです」

「今までも、あんな事件があった、ということか？」

「おそらく。まったく同様の犯行ではなくても、同じような目的で、同じような輩に、同じように屠《ほふ》られた人たちは少なくないと思います。核心に近づいたジャーナリスト、内部告発をした良心の人々、公に追及しようとした政治家などなど」

「そのすべてを追及しようとしてるわけではないよね？」

「ええ、残念ながら。今は、目下の問題を解決することに全力を注ぎます」

「無理をしないように。かなり危険なことなんだろう？」

「まあ、気をつけますよ」

A県の代表的な郷土料理であるホタテの貝煎り味噌、つまり大きなホタテ貝を鍋のように使って帆立の貝柱とネギなどの野菜を味噌味の出汁で煮て卵でとじたもの、や「じゃっぱ汁」という味噌味の鱈のあら汁に舌鼓を打ちながら、しばし旨い地酒を楽しんだ。

「そういえば、X原発の配管破損事故で引責辞任したアジア電力の幹部が高速道路で交通事故にまきこまれて死亡したニュースがあったな。ひょっとしてあれもか？」

「どうでしょうね。詳しい事故の状況がわからないので何とも言えませんが、ちょっと調べてみますかね。何か突破口になるかもしれない」

＊

稲造の車に接触して事故の引き金になった大型トラックは、稲造の車と接触したあと、そのまま逃走していた。一番近い出口で高速を降り、下道を通って西進したところまでは監視カメラの映像などで追えたが、その後の消息は杳として知れないとされていた。

工藤は伝《つて》を使って、稲造の車に当て逃げした大型トラックの逃走を捉えた画像のデータを送ってもらい、繰り返し見た。下道に入って間もなく、トラックの後ろには見慣れたワゴン車が写っていた。緑の十字のロゴマーク。そう、あの車だ。トラックとワゴン車が海側へ向かって進んで画像から消えて1時間後には、ワゴン車だけが戻ってきて、再びインター方向へと消えて行った。

（間違いない）

画像を見終えて工藤は背筋が寒くなるのを感じ身震いした。

「清掃部隊。始末屋……」、そんな言葉が工藤の脳裏に浮かんだ。今まで漠然としたイメージだったものが確信に変わった。

稲造の事故についての捜査は続いているはずだったが、逃走したトラックの素性は割れていない。防犯カメラで捉えたトラックのナンバーは存在しないものだった。つまり、偽造ナンバーのトラック。またナンバーを変えてその辺を走っていても見とがめられることはない。すでに処分されているかもしれないし、スクラップ置き場か、産業廃棄物集積場辺りの作業車として素知らぬ様子で動き回っているかもしれない。乗用車と掠った位の傷なら、板金塗装の技術で跡形もなくなる。わざわざ修理しなくても傷付いたままで走り回るおんぼろトラックだって、そこらへんに溢れている。

当該トラックは、稲造の事故の当て逃げトラックとしては見つからないだろう。高速脇の下道から横道に入って、それら、トラックを紛れ混ませるのに適した場所にトラックを置き、運転していた者をワゴン車でピックアップして、元の下道に戻ってきたとすれば、監視カメラの映像にあるワゴン車の動きに合致する。トラックはしばらくは、下道から左折した道路沿いのどこかにあったはずだ。もうかなり時間が経ってしまったが、関連を疑うべき施設は見つかるだろう。現場を訪ねてみる価値はありそうだ。

工藤は休暇をもらい、東北新幹線、東海道新幹線と乗り継いで、静岡で下車した。レンタカーを借り、東名高速に乗って大阪へ向かう。日本坂トンネルを出たあたりからスピードを抑え気味にして稲造の事故現場を通りすぎた。萎れた花が供えてあった。

次の焼津インターで車を降りると、例のトラックの通った道筋に沿って車を走らせた。

下道をしばらく西進して海へ向かう。工藤は前もって当たりをつけておいたように、海へ向かって車を走らせた。焼津漁港の少し西側に小川港がある。入り江に突き出す形で埋め立てられた突堤があり、そこにはT造船運輸、T船舶工業などの造船や運輸の会社がある。輸送船など、相当な大きさの船舶も横づけできる岸壁を備えている。

（おそらくここだろう。ここなら大型のトラックが別のナンバーをつけて資材運搬などの仕事に使用されていても違和感はないし、輸送船に載せられて海外へ売却されることもあるだろう。そうやって海外で現役の荷役ラックとして働くことも、国内のどこかでスクラップにされることも可能だ。もはやトラックの消息はつかめないだろう。手掛かりはやはりワゴン車か）

焼津で1泊し、翌朝から無駄を承知で付近の工場や作業場で事故の痕跡の残ったトラックの目撃情報を尋ねてみたが、案の定収穫はなかった。

トラックが消息を絶ったと思われる場所を実際に訪れてみて、工藤は、その消息についてある種の確信を得た。再び焼津のインターから静岡に取って返し、レンタカーを返して午後の早い時間の新幹線に乗った。

工藤は東京の自宅にいる高梨に電話を入れて、今日わかったことを報告するため会うことを決めた。

＊

夕方の早い時間に高梨が案内してくれたのは、南青山七丁目の交差点のすぐそばにあるイタリアンレストラン「A」だった。

そのレストランは、日本でのイタリアンレストランとしては草分け的な存在で、初代創業者はイタリアのムッソリーニの料理学校を主席で卒業後、第二次大戦で日本の同盟国だったイタリアの海軍最高司令官付きコック長として、終戦間際の1944年来日、神戸に寄港中イタリアの降伏によって捕虜にされてしまう。その後日本人女性と結婚してその年に「A」を創業した。今は三代目のAファミリーが、伝統的なイタリア料理の正統の味を受け継ぎ提供している。初めて訪れた人もどこか懐かしい感じを受ける店だ。


刻みトマトのブルスケッタ、モッツァレラチーズとトマトのカプレーゼサラダ、手長エビのグリル、牡蛎のオーブン焼き、パッパルデッレ・フィオレンティーナ（ポルチーニ茸入りクリームソース）、仔牛のチーズカツレツ、赤と白のグラスワインも堪能した。

それぞれを2人でシェアしても、いささか食べ過ぎの感が否めないでもないが、普段は捜査に明け暮れ、コンビニ弁当かファストフードの牛丼やカレーでエネルギーが補充できればいい、という食事の工藤にとってはこんな時でもなければこんな食事にはありつけない。寝だめ食いだめはできないというが、ここぞとばかり腹に入れた。

　料理はどれも美味しかった。


　食事をしながら、工藤はこれまでにわかったことを高梨に報告した。しばらく報告を聞いていた高梨が口を開いた。

「原発がらみで起きる事故現場で毎回目撃されるワゴン車。得体が知れない感じがするが、電力業界に関係のある会社の偽ロゴをつけて走っている、というのはどうなんだろうね。普通は正体を知られまいと無関係を装いたいものじゃないのかな」

「そこは一見不思議ですが、電力関係の印のついたもののほうが動きやすかったりすることもあるんじゃないでしょうか。例えば原発やその他の電力関連施設に出入りする時や、何か見咎められた時に免罪符になる、というか、『親方日の丸』的な便宜をはかってもらえるとか。正体を匂わせることで事件、事故の裏側をほのめかし、ある種の見せしめ的効果を生む、とか」

「なるほど。免罪符で見せしめ、か。一理あるかもな。怖い人たちだ」

「ええ。怖いですよ。やりたい放題です。戦後にアメリカから原発の技術を導入させられて以来、政治権力と旧財閥に繋がる民間財力が結びつき、戦後復興につれて大幅に需要を増した電力という商品から巨万の富を貪ってきた。だから、日本は異論を唱えることをしないし、できもしない」

「全部そこにたどり着くんだな。日本が欧米のいいようにされてきたのは戦後に始まったことじゃない。明治維新だって、欧米の金融屋、政商の類が、大元は同じなのに表向きは薩長側につくイギリスと幕府側のフランスに分かれて、それぞれに武器や軍艦を売りつけ、戦略指導なども行なって、裏から糸を引いていたが、目的ははっきりしている。日本に内戦を起こして型落ちの銃や大砲などの火器、軍艦など売りつけて稼ぐ。その後、あわよくば勝って政権を取ったほうの勢力と結びついて日本を属国化できればいい、というそんな筋書きだ。

御維新だなんて言ったって、あんな欺瞞に満ちた革命はないよ。第二次大戦後の似非民主化と同じ構図だな。もっと言うと、型落ちの戦闘機や武器を他の白人国家と比べて法外な高値で売りつけられてる今の日本の状況とちっとも変わらんじゃないか。おまけに老朽化した原発で核弾頭に使用するプルトニウムまで作らされてる」

食事が終わって、何種類もあるデザートからプリンとティラミスを選んだが、これも絶品だった。

（一時期大ブームが来て、どこの洋菓子屋でも競うように並べられたティラミスはそれほど好きではなかったが、ここのは違う。クリームチーズのまろやかさとクリームの香り、砂糖の甘さ、ほんの申し訳程度に薄く敷かれたチョコレートとコーヒー風味のしっとりしたスポンジ、振りかけられたコーヒー豆のほろ苦さが口の中で混然一体となって得も言われぬおいしさを醸し出す。ティラミスに対する先入観が一掃された）

ここまで食べて飲んで、もう20時30分の閉店時間は過ぎてしまった。それでも嫌な顔をせず、オーナーが外まで送ってくれた。

「A」は工藤にとってはもちろんだが、高梨にとっても特別な時に訪れるとっておきの店だった。孤軍奮闘していて、上京の機会もあまりない工藤に対する高梨なりの心づかいだった。

店のすぐ前の六本木通りを夜風に吹かれながら、高梨と工藤は渋谷方向に歩きだした。交差点を渡って少し行くと、電気の煌々と点いたショーウィンドーの中に、高額帯のポルシェやアストロマーチン、マッセラッティ、他に乗ったことはおろか、見たこともないような高そうな車が並んでいた。

(こんな車に乗る人種もいるんだなあ) と工藤は妙な感慨を覚えながら高梨のほうを見ると、

「世の中、不公平だよな」

工藤の心を見透かしたように高梨が呟いた。

20分ほど歩くと渋谷に出る。駅前の雑踏にもまれながら、渋谷駅で高梨と別れ、工藤は渋谷駅前交差点向かいの大型書店内のコーヒーショップに腰を落ち着けた。高梨と話した内容を整理、確認しようと思ったのだった。

(原発は国是なんだ。その事業に水を差すものは文字通りの意味で徹底的に排除される。電力関係の隠れ蓑さえ着ていれば、どんな非道も許されるらしい。すべての事件で真相を暴くことは不可能だ)

1時間後、工藤は予約してあった近くのビジネスホテルにチェックインした。

明日帰ったら、また捜査の再開だ。

十六　その日

隆一は机の上のパソコンのモニター画面をじっと睨んでいた。

画面上でスクロールされているネットの記事は、アジア電力の会社概要、とりわけ人事に関する記載と、最近の業務内容についてだった。

稲造が生前よく言っていたのは、自分が会社の中では異端だったということ。原発至上主義に貫かれた会社では、原発自体の潜在的な危険と、原発が稼働する過程で発生する核廃棄物処理や、施設の保守点検、維持に関連して発生する就労者の放射能被爆など内在する諸問題への対処が優先されるべきだということを主張する稲造のような社員は、会社にとっては無用なばかりか有害な社員と見做されていた。

特に最近ではアジア電力の電力供給範囲からは遠く隔たったA県の再処理施設と中間貯蔵施設を使用するという会社の施策には真っ向から反対していた。

その結果として、アジア電力の東京支社に転勤、つまり左遷させられた稲造は、挙句X原発の事故処理の責任者に指名され、本来無関係であったその事故の責任を取らされて退職に追いやられた。

そして、隆一にとって唯一の理解者だった稲造伯父が、この世にいなくなってしまった。埋めようのない喪失感と悲しみから逃れられないでいた隆一は、稲造の面影を求めて、ネット上の稲造やアジア電力に関する記事を何日も何日も貪るように探し続けていた。

やがて、原発の抱える問題や電力業界の闇を知ることになった。その闇を暴こうとした少なくない人たちが交通事故やその他の不慮の事故死などで不審な死を遂げたり、痴漢行為や泥酔したうえでのセクハラ行為などという、およそあり得そうにないスキャンダルで社会的に葬られたりしていたことを知った。

そこで見つけた事柄、稲造の経歴や業績、それらを照らし合わせて考えるうちに、ある考えが頭から離れなくなった。いつか渋谷の台湾料理店R郷で偶然席が隣り合わせになった官僚の端くれが話していた「その後の行方を追うのが怖い人たち」の1人に、稲造はされてしまったに違いない。

隆一は恨みの矛先をどこに向けたらいいかわからず悶々としていた。

やがて疑念は確信に変わっていった。隆一の頭に浮かぶ顔は、渋谷のR郷で隣の席になり、伯父の稲造の噂話をしていた官僚たちなのだった。

特に「消息を追うのが怖い人達の1人になるということですか？」と念を押していた、隆一が自宅や行動パターンを把握している若い官僚が、いつの間にか隆一の中で、稲造の仇のような存在になっていった。

思い詰めて部屋に籠る隆一に危機感を覚えながら、美奈子が相談できる稲造はもうこの世にはいない。夫の隆彦に相談しても「精神科にでも連れていけ」と、けんもほろろに言われるのは目に見えていた。

稲造が亡くなってから再び部屋に籠ることの多くなった隆一だが、10日ほどの間、朝早く外出して夜遅くなるまで帰宅しないことが続いた。初めはやっと外に出ていけるようになったのかと少しほっとするところもあったが、10日も外出が続き、しかも何か思い詰めているような表情の隆一を見かけた時には、美奈子は何かしら不安にかられた。しかし、その後また、隆一は何日も部屋に籠り続けた。

美奈子は、引き籠りも困るが、普段と違う行動をされるのも心配だった。それがやっとある意味元に戻ったことで、変に安堵した。

そして、とうとうその日は訪れた。

＊

その日、美奈子が台所で遅めの夕食の支度をしていると、珍しく隆彦が帰って来た。

隆彦はリビングのテーブルに離婚届を置き、美奈子に署名して区役所に提出しておくように言った。

美奈子は唯一の頼りであった稲造を亡くして、この上夫まで失くす不安に耐えられそうになかった。せめてもう少し落ち着くまで、と隆彦に懇願したが、聞き入れられなかった。夕食の支度のために包丁を握っていた美奈子がとっさに自分の首を刺した。

うろたえた隆彦は「何を馬鹿なことをするんだ」と、美奈子の元に駆け寄りながら、二階にいるはずの隆一を大声で呼んだ。ただならぬ声に隆一は部屋を出て階下に降りてきて、リビングの光景を目にし、

「母さんに何をした。この野郎！」

言うなり美奈子の傍らに落ちていた包丁を拾うと隆彦に切りつけた。逃げようとする隆彦の背後から脇腹に包丁を突き刺した。何度も何度も刺した。

気が付くと美奈子も隆彦も息絶えて横たわっていた。

＊

通勤時間には少し早い朝7時22分。東京近郊の商業都市の、駅にほど近いコンビニエンスストアの駐車場に繋がる歩道上。

男は、音もなく背後からダークスーツの男性に近づいた。

ダークスーツの男性は30代半ば、公務員然とした雰囲気を漂わせ、柔和な表情で前方を見つめていた。その視線の200メートル程先には、スクールバスを待つ子どもたちの列があった。

男は手にした柳葉包丁の刃を横に寝かせるように両手でしっかりと握り、体の前に真正面に突き出すように構えると、そのままダークスーツの男性の左背部に体当たりした。

男は、その背中に刺さった包丁を両手で握ったまま右脚を上げ、その足をダークスーツの男性の腰の辺りに当てると、前方に向かって蹴るように力を込めた。

男性の背中の包丁は、男の手に握られたまま男性の体から抜け、反動でダークスーツの男性は背中から真っ赤な鮮血を迸《ほとばし》らせながら前のめりに歩道上にどうと倒れた。ダークスーツの男性は声を上げる間さえなかった。

男はその血のついた包丁と、背中のリュックから取り出したもう一本の文化包丁を両手に持つと、子どもたちの並ぶ列に近づいて行った。

途中ですれ違った通勤途中と思われる四十がらみの女性の首に血の付いた包丁で切りつけると、そのままスクールバスを待つ列の、最後尾の女の子の背後から少女の首に切りつけようとしたところで、生徒たちのバスへの誘導をしていた初老の男性が異変に気付き、咄嗟に少女と刃物を持った男の間に割り込んだ。少女を庇った男性は背中を切りつけられた。

付近に並んだ数名の児童が異変に気づき、振り返ったが、男は振り返る子どもたちをつぎつぎと切りつけていった。

やがて子どもたちの悲鳴や、恐怖や痛みに泣き叫ぶ声が辺りに響くと、引率の教師とスクールバスの運転手が異変に気づき、運転手が怒鳴り声で男を威嚇している間に、教師は子どもたちをバスの内部へと誘導し、バスを施錠した。男はバスのところまで来ると、バスの外で男を威嚇していた運転手の腹に柳葉包丁を突き立て、その場から1ブロックほど走って逃走し、やがて突然止まると持っていた文化包丁で自分の首を刺した。
まもなく現場に、通報を受けた警察と、救急車両が、けたたましいサイレンを鳴らして駆けつけ、辺りは騒然となった。救急隊員や警察官、居合わせた通行人たちの幾人かも必死で負傷者の救護に当たった。最初に刺されたダークスーツの男性は、駆けつけた警察官の懸命の蘇生処置の結果、かろうじて息を吹き返した状態で、救急隊によって搬送されていった。通行中刺された女性は重体ではあったが、命はとりとめた。少女を庇った男性も命に別状はなく、切りつけられた数名の子どもたちも軽傷で済んだ。
普段と変わりない初夏の朝、通勤通学の始まる時刻のできごとだった。

後に判明したところでは、初めに刺されたダークスーツの男性は経済科学省勤務のキャリア官僚、坂口圭介、36歳。私立の小学校へ通う娘をスクールバス乗り場まで連れてきて、バスに乗り込む娘を見送っていた、男性に庇われて無傷だった少女の父親だった。坂口自身は、深く刺傷されたことによって脊髄に損傷を受け、一命はとりとめたものの下半身不随となった。

その場で死亡が確認された犯人は、身元を示すものを何も所持しておらず、どのような人物がどのような理由でこのような凄惨な事件を起こしたのかはしばらく不明であったが、やがてニュースで事件を知り、映像でながれた犯人の特徴から、それは自分の隣人ではないか、と警察に通報した人物があり、その容疑者は藤堂隆一と思われるという情報を得た。

隆一の家を訪れた警察官が大量の血を流して息絶えてリビングに横たわる隆彦と美奈子を発見した。

2人の死亡時刻は事件前夜の午後7時前後。浴室には血まみれになった衣服が脱ぎ捨ててあった。隆一は犯行後一晩遺体と共に自宅で過ごし、浴室で体に付着した血液などの汚れを洗い流した後、自宅を出たものと思われた。

隆一の居室と思われる二階の部屋のベッドから採取された髪の毛と、犯行現場で死亡した容疑者のDNAとの照合が行なわれ、同一人物と鑑定された。

隆一の死亡により犯行の動機や背景などは一切不明であったが、藤堂夫妻殺害現場の状況から犯行は隆一によるものとされ、複数人に対する殺傷事件と両親の殺人容疑で、隆一は被疑者死亡のまま書類送検された。

十七　工藤刑事、気づく

A県に帰った工藤は、相変わらず緑の十字のロゴと会社名の入った白いワゴン車を追っていたが、手掛かりを掴めずにいた。

（どこだ？　やつらはどこにいるんだ？）

刑事部屋の隅の天井からぶら下がったテレビにふと目をやると、ワイドショーが最近起こった猟奇的殺人事件の特集が流されていた。

数日前に起こった首都圏での通り魔殺人事件について、マスコミはこぞって犯人のプロフィールを暴きたてた。初めは犯人がどこのどういう人間で、犯行の背景には何があるのかまったくわからなかったが、マスコミの取材によってさまざまなことが次第に明らかとなった。

犯人は藤堂隆一。後追いのゴシップ記事では、隆一がアジア電力の元取締役、飯森稲造の甥であることが報じられていた。

（そうか、あの高速道路での事故で亡くなった飯森稲造氏の甥ごさんか。飯森氏の事故死と今回の犯行には何か関連があるのだろうか？　死亡した人間が電力会社の元幹部、そしてその事故現場の周辺にいた例の電力会社関連の偽ロゴマークを付けた白いワゴン車。これはもう電力会社関係の事案としか考えられない。

詳しく調べてみないとはっきりしたことはわからないが、たしか飯森は電力会社の幹部にあっては珍しく原子力発電については懐疑的だったらしい。殊に、A県の再処理施設での自社の高レベル核廃棄物の処理や貯蔵には、技術の確立がいまだなっていないことと、実験段階の再処理試験でさえうまくいっていないこと、自社の電力供給地域からは大きく離れ、何の関係もない所に自社の発電によって生じた核廃棄物を押し付けることに会社内で唯一反対していた人物だと聞いている。原子力ムラにとっては非常に都合の悪い人間だったはずだ。X原発事故とその事後処理の責任を取らされて引責辞任してまもなくあの交通事故で亡くなった。

これは明かに作為が働いている。その甥がなぜあんな通り魔的な犯行を引き起こしたのか。彼は何か知っていたのだろうか。知っていて伯父の仇を取ったということか）

工藤は彼と話したいと思った。なんでもいい、知っていることを教えてくれ。彼が生きていてくれたら。

工藤は再び新電力サービスA支社へ足を向けた。今回は社員に会って話を訊くのが目的ではなかった。会社へ着くと工藤は駐車場へ回った。「木を隠すなら森の中」だろう。ロゴが現在使われているものとは違っているとはいえ、元は使われていたもの、個別に見たのではこの会社のものかどうかわかりにくいロゴが描かれた車を隠すなら、やはり現在使用中で外見の似た車の中だろう。

そう思って来てみたのだが、数台並んだワゴン車のなかに目指す車はなかった。露天の駐車場の他に、数台分のシャッターのしまった車庫もある。その中にしまわれていては目にすることはできない。

落胆して署に帰ろうと向きを変えたちょうどその時、駐車場へ入ってくる1台のワゴン車が目に入った。ボディーのペイントが今まで駐車場でみていた車のものとはなんとなく違って見えた。駐車場の入り口付近に立っていた工藤の目の前を左折して駐車場へ入って行くワゴン車が通り過ぎる時、運転席の人間をはっきりと目視することができた。

それは、先日会社を訪れた際対応してくれた車両管理部門の男だった。

ナンバーもはっきり見えた。部分的にしか手に入れられていなかったナンバーは今の車のナンバーにピッタリはまる。

(そのような車はうちにはない、だと？　その車のペイントのロゴは古いもので、今は使われていない、だと？　その車をてめえが運転してるじゃねえか)

それの意味するところはひとつ。あの車の存在を表に出すわけにはいかない、ということだ。そして、もうひとつ、あの車をいつも使っているのは奴かもしれない。

車の所在はわかった。が、その車をいくつかの犯行に結びつけるにはまだまだ無理がある。ただ、数件の事故や自殺として片付けられた事件と、電力業界、国家権力、すなわち原子力ムラと言われるものとの結びつきを疑うには十分だ。

あの車両管理部門の男、桧垣を追えばいい。いつか馬脚を現す。

工藤は桧垣について調べ始めた。

警察の記録を調べても桧垣には前はなかった。桧垣は元経済科学大臣だった浜口健吾が閣内から外れ、旭原燃サービス副社長に天下った頃から、浜口の私的なガードマンとして影のように付き従がっていた。浜口と桧垣がどこでつながったのかも不明だ。前科だけではなく、桧垣の人となり、経歴を調べても、何も出てこなかった。警察をして、その素性を突き止めることはできなかった！

旭原燃サービスだけじゃない、各地の原発やその他の原子力関連施設に関する問題が発覚した時、キーマンと目される人物が都合よく消えた事案は多数ある。それらの事案が仕組まれたものだとしたら、その汚れ仕事をこなす人員がいるはずだ。訓練された人間が。それらの人物像は桧垣のような経歴を持つ人間にピッタリあてはまらないか？

その桧垣が、今はA県の新電力サービス車両部にほぼ常駐している。何か目的があるのだろうか。例のワゴン車が目撃された一連の事件での関与を強く疑わせる。

A県にいる、ということは、近々この付近で何かしでかすつもりなのではないか？　とにかく、桧垣を追及するネタが欲しい。とりあえず桧垣の行動確認を地道に行なうことが必要だ。

通常勤務をこなしながら桧垣を監視するのはなかなか難しい。それでも、休日や抱える事件のない時には、できる限り桧垣の行動を追うことに時間を費やした。

数カ月が過ぎた頃、A県の使用済み核燃料再処理及び中間貯蔵施設に、再処理済み核燃料の何度目かの搬入の日程が決まった。この再処理済み核燃料は、日本からフランスのラ・アーグ再処理施設に委託されて処理され、ステンレス製キャニスターに充填されたものである。そのため、再処理事業に対する反対運動が少し盛り上がりの兆しを見せた。

原発や核廃棄物の再処理に反対する市民運動家と住民たちが、再処理施設の広大な敷地を囲うフェンスを取り囲むように手を繋ぎ、人間の輪を作った。その再処理反対を表明する抗議行動が行なわれた際、警備にあたった警官隊と小競り合いがあった。

その時の抗議行動で中心的な役割を果たしたのは、原発や使用済み核燃料再処理反対運動を通して高梨とも親しい苫米地だった。苫米地は公務執行妨害の現行犯として拘束された。

警察官としての工藤は、警官に対する公務執行妨害で苫米地が拘束されたことに表だって異を唱えることはできない。だが、心情的には今回の苫米地の拘束事由に公務執行妨害は当たらないと思っている。住民には住民として自らの生活と安全を守るために抗議する権利があるはずだ。原発を巡る闇に対する警察の態度には、工藤自身納得できないものを感じている。警察官としての立場と共通の敵に対する同志ともいえる苫米地に対する共感との間で工藤の心は揺れていた。苫米地の拘留が長引かないことを祈るばかりだ。

処理された使用済み核燃料搬入に対する抗議の様子は、ほんの短いニュースとして新聞やテレビで報道されたものの、予想通りすぐに話題からは消えた。ところが、ほんのローカルニュースであったものが、原発を巡る問題に警鐘をならしていた人々によってYｏｕＴｕｂｅやSNSに乗って拡散され、全国の反原発運動に少なからず影響を及ぼすことになった。

Fでの原発過酷事故や沖縄でのジュゴンの生息域としても知られる貴重な海を埋め立てての基地建設工事、原生林を切り開いてなされる米軍ヘリパッド建設、これらに反対する住民と市民運動家に対する警察の暴力的な規制を見て、国家権力に対する不信感も高まりつつあった。

苫米地は拘留され、数日取り調べを受けた後、略式起訴され、厳重注意ののち釈放された。

工藤は立場を越えて苫米地の身を案じた。

苫米地に危害を加えるとしたら、きっと桧垣が関与するに違いない。そう考えた工藤はさらに桧垣の動きを監視した。

その日も工藤は車を停めて、新電力サービスA支社の車の出入りを監視していた。その前を、例のワゴン車が通って行った。運転席には屈強な男が座り、桧垣は助手席、他に男がもう1人、後部座席に座っていた。S半島へ向かうのだろう。

S半島では、フランスの再処理工場で処理を終え返還されてくる使用済み核燃料の搬入を阻止するための集会が開かれている。そこにはおそらく釈放されたばかりの苫米地もいるはずだ。彼は、核燃サイクル事業を阻止し、原発の再稼働や新規建設に反対する運動の中心にいて、各方面から参加する運動家たちの取りまとめ役を果たしていた。

桧垣たちの狙いは苫米地か、あるいは集会に参加している他の高名な運動家の誰かか。思い過ごしならそれに越したことはない。工藤は桧垣たちの犯行を証明したいという思いと、それが杞憂であってほしいという思いが相半ばしていた。

犯罪は行なわれないほうがいい。それでも行なわれた犯罪は追及されて罰を受けなければならない。桧垣たちの犯行を実行させることは警察官としては許されないし、未然に防ぐことが正しいことはわかっている。だが、桧垣たちの犯罪の尻尾をつかむことは、これまで行なわれた数々の犯行の真相究明につながるはずだ。工藤は自らを鼓舞するように、今は桧垣たちの追跡に専念しようと決めた。

予想通り桧垣たちの乗った車はS半島に向かった。A市から国道4号線でH町を抜け、N町でS半島の根本に達し、そこからS半島先端に向けて左折する。最近ようやく全線開通したS自動車道を北上して行く。

車はM市に入った。道路上に掲げられた案内版の表示をみると、M市近郊の山間の集落へと向かっている。その集落のはずれにある集会所は、かつて旭原燃サービス社員の嶋田が遺体で発見された場所だ。不審死が疑われる遺体が発見された後、警察の捜査過程で撮られた写真に、まさに今追跡しているワゴン車が写っていた。

(やはりな。これで桧垣たちがこの場所に土地勘があったことは間違いない)

だが、このまま闇雲に尾行を続けるのはさすがにマズいだろう。これから行こうとしているところが、工藤の考えるところで間違いなければ、そこは、付近の住宅も少なく、通りかかる車も滅多にない。だからこそ犯行現場に選んだ。

A市からずっと後ろを走る車があることに、彼らもやがて気づくだろう。いやすでに気づいているかもしれない。

さて、どうしたものか。

(一か八かだ。行き先の見当はついた。ここはいったん奴らと離れて、違うルートで少し時間を置

いて向こうへ行ってみよう。そこでしばらく様子を探る）

今更後には引けない。だが、やみくもに手の内をさらすようなことはすまい。

工藤はM市内の中心街へと入る道にそれ、ワゴン車とは距離を取った。高梨に連絡を取り、苫米地に危険が及ぶ可能性があることを伝えてもらった。できるだけ1人にはならないように。用心するに越したことはない。

犯罪が行なわれるとすれば、白昼堂々と、というよりは、夕闇に紛れてというほうが普通だろう。夕暮れにはまだ間があった。

改めて集落の集会所の近くまで車を走らせ、かなり手前で車を降りてから集会場のほうへ進んでいった。ワゴン車はいなかった。街中へ降りて行ったたか？

＊

核燃施設敷地前での抗議行動を終え、引き上げようとしていた苫米地の携帯に着信があった。

旭原燃サービスの嶋田技術主任の自殺について、ぜひ話したいことがある、と新電力サービスの人間だという人物からの電話だった。約1時間後に嶋田氏の自殺現場で会いたいという。

危険を感じないわけではなかったが、その人物が本当に事情を知っているなら、なんとしても教えてもらわなければならない。会うことに同意した。

一計を案じた苫米地は工藤に連絡を取った。

「工藤さん？　実は今、新電力サービスの人間だという人から、嶋田さんの自殺について話したいことがあるから1時間後に会えないか、という電話があって、会うことにしました。場所は嶋田さんの亡くなった集会所です」

「やはり、そうでしたか。実は今、Mにいます。私もこれからすぐ集会所へ向かいます。危険があると思います。十分注意してください」


一足早く集会所についた工藤は30分ほど集会所の周囲や建物の裏手を探り、辺りが薄暗くなってきたところで、彼らが来るのを待つことにした。


車の音がする。工藤は身を隠して様子を伺った。

やがてワゴン車は集会所の駐車場に車体を乗り入れた。

あたりは大分暗さを増していた。一体何が行なわれようとしているのか工藤は息を殺して成り行きを見守った。

男たちが建物の中に入って行くと、まもなく部屋の電気が灯った。

工藤は集会場の裏手へ回って、サッシの窓から中を窺った。

まもなく建物の入り口近くで車の音がし、男たちが入り口に注目した。

新たに建物を訪れたのは予想通り苫米地だった。

互いに挨拶を交わしているようだったが、突然男たちが苫米地に襲い掛かり、1人が苫米地の腹部に当身《あてみ》をくらわせ、体をくの字に曲げた苫米地の首にもう1人が腕を回した。当身をくらわした男が苫米地の口を粘着テープで塞ぎ、さらに手足を背中で一括りに粘着テープで縛り上げた。その間一瞬とも思われる手慣れた仕業だった。

それを確認すると工藤は携帯電話を取り出し、A県警の刑事部屋《デカベヤ》直通の短縮ボタンを押し、もう一度部屋の中へ視線を戻した。

(中にいる男が2人？)

工藤の頭の中で一瞬警報が鳴ったのと同時に、後頭部に強い衝撃を感じ、そのままその場に頽《くずお》れた。

＊

「そうか、あの県警の刑事《デカ》だったか。まあ、しつこかったからな」

意識をなくしている工藤を見下ろして、何度か工藤の事情聴取を受けて顔を見知っている桧垣が言った。

「どうしますか？」

一緒にいる男が尋ねる。

「同じだよ」

桧垣は淡々と答える。

「縛っとけ」

「こいつ、刑事《デカ》のくせに携帯をもってねえ」

工藤の所持品を探っていた男が言う。

「なんだと？　そんなわけはない。おい、こいつがいた辺りを見てこい」

工藤を襲った大柄な男が集会所の裏へ回り、工藤が倒れた辺りを探した。

辺りはすでに暗くなっており、自分の携帯の照明機能を使って探したが、なかなか見つからない。5分ほど探してやっと見つけた携帯を持って集会所の中へ戻って桧垣に渡した。工藤の携帯は通話中となっていた。

桧垣は通話先を確かめると停止ボタンを押した。警察が何らかの動きをするだろうと判断し、その後の作業を急ぐよう男たちに指示した。男たちは苫米地と工藤を並べ、口の他、鼻孔まで粘着テープで塞いだ。

間もなく2人は窒息状態の苦痛で意識を取り戻すだろう。苦痛のためにもがき、何とか呼吸を確保しようとするが、2人とも手足は背中で一括りにされているからどうすることもできない。やがてまた意識は薄れ、呼吸も心臓も停まるだろう。

桧垣には、一遍の迷いも躊躇も良心の呵責などというものもないようだった。

男たちは2人を残して集会所を去った。

その頃、県警の刑事部屋では、工藤からの着信があった直後、何か大きな物が落ちるような物音がして、その後応答はなくなった。休暇中の刑事が用事もないのに刑事部屋に連絡を入れるわけはない。通話状態にして連絡を待つと同時に、携帯に付随したGPS機能を使って携帯の位置情報を探索した。

まもなく携帯の位置は判明し、それはS半島北部の集落を差していた。県警はM警察署へ連絡を入れ、付近にいる警官、およびパトロールカーの派遣を要請した。

苦しさで意識が戻った工藤は、背中を苫米地の顔のあたりに近づけ、後ろ手に縛られた手を使って何度か苫米地の鼻や口を塞ぐ粘着テープをはがそうと悪戦苦闘した。何度目かに鼻孔を塞いでいた粘着テープがはがれると、苫米地は何度も大きく息を吸い、体をずらして今度は後ろ手の工藤の粘着テープをはずそうと試みたが、変によじれた粘着テープはなかなかはがれなかった。

工藤の意識が再び遠のき始めた頃、付近をパトロールしていたM警察署のパトカーが集会所の前に乗り入れ、入り口の戸を激しく叩いた。

テープのはがれていた苫米地が大声を上げると同時に警察官が突入し、意識を失いかけた工藤を認めると、警察官は工藤の顔面の粘着テープを急いではがし、心肺蘇生を始めた。苫米地の命には別状はなかった。

呼吸の戻った工藤は救急車でM総合病院に搬送され、しばらく高圧酸素療法を受け、状態は改善した。M警察での事情聴取で今回の犯行の容疑者につき説明したが、今まで調べたすべてについては話さなかった。

まだ話せる段階ではない。殊に、誰に話していいか、誰に話してはいけないかがはっきりとするまでは、工藤の知り得たすべての情報を明かすわけにはいかない。そう思っていた。

1週間後、県警の仕事に復帰した工藤は主任に呼ばれ、今までの単独捜査についての説明を求められた。

主任は、いつにない厳しい口調で工藤を叱責した。

「工藤。今までやってきたことを洗いざらい話してみろ。報告書にできることか否か。事と次第によっちゃあ、ただじゃすまねえよ」

「承知しています。でも、まだ話せません」

「なんだと？　そんなことの言える立場か」

「今回の私に対する傷害については立証できます。ですが、過去に彼らが犯した犯罪については、多くの状況証拠は集めましたが、直接の証拠はまだ手にできていません」

「なんだ、その彼らが過去に起こした犯罪てぇのは？　状況証拠ってやつは何なんだ。いったいどの事件のことを言ってる？　いいか、警察は組織だ。組織の中で生きるなら、組織のルールが絶対なんだ。警察が単独捜査を禁じているのはどうしてだ？　今回のように犯罪に巻き込まれる可能性が高いからだ。単独で容疑者に対峙したら反撃される可能性だってある。それ以上に、組織で仕事をするということは、組織で決定された方針に従って捜査を進めなければならない、ということだ。今回のことは厳重処分に値する」

「申し訳ありませんでした」

「……話してみろ」

そこで工藤は、今回自身が犯罪に巻き込まれたまさにそのM市近郊の集会所で発見された変死体、すなわち自殺として処理された旭原燃サービス技術主任嶋田の変死事件を調べて、今回の犯行に使われたワゴン車と新電力サービスの桧垣にたどり着いたことを述べた。

また、それ以前に新聞記者の溺死体が発見されたA港中央埠頭でも夜間に同様のワゴン車が目撃されていたこと、その後に起こった元アジア電力取締役の東名高速道路での交通事故死の現場付近でも、今回のワゴン車が付近の防犯カメラに写っていたことなどを話した。

主任は工藤の話をじっと聞いていた。

「話はわかった。M警察が事件性なしと判断した事案をひっくり返そうと言うんだな。それならば、それ相応の材料が必要だ。本間をつけてやる。あくまで捜査対象は今回のおまえの拉致監禁事件の被疑者としての桧垣だ。本間と一緒に背景捜査にあたれ」

「ありがとうございます」

工藤は頭を下げて、刑事部屋へもどった。

工藤と入れ替わりに本間が主任に呼ばれた。

「工藤を見張れ。今回のような問題を起こさないように、工藤に張り付いて行動を逐一報告しろ。捜査で判明した情報もだ。もちろん工藤には感づかれるな。あくまで表向きは工藤の捜査協力だ」

「了解しました」

主任はその後、工藤の処遇について他部署の人間に電話で報告していた。この主任も話してはいけない側の人間だったようだ。

工藤には近々処分が下るだろう。巡査に降格のうえ、どこかの交番勤務になるはずだ。表に出してはいけないことを探り出そうとする人間を組織は許さない。

その後数カ月、工藤と本間は桧垣の行方を追ったが、その所在は杳としてつかめなかった。

まもなく工藤は巡査への降格を言い渡され、T半島の漁村の交番勤務を命じられ、失意のうちに赴任していった。

十八　原子炉緊急停止

A県再処理施設では、とうとう使用済み核燃料の再処理試験が始まっていた。商業的操業に向けての第一歩である。技術的に未完成といっていい方法を用い、建設に数十年という歳月を要した結果、完成前にすでに老朽化した施設を使っての無謀な核廃棄物の再処理。その結果が悲惨なものになるのは火を見るより明らかだった。

政府は、日本の原子力発電や核廃棄物処理技術は世界をリードするもので、確固とした技術力に基づいた安全な事業である、という見解を金科玉条の如く繰り返すだけで、その科学的根拠は一切明らかにしていない。もっとも、確固たる技術などはなく、杜撰極まりない試験運転のみでは、明らかにできる科学的根拠などありうるはずもない。

マスコミも、政府発表をそのまま喧伝するのみであった。日常的に繰り返し与えられる情報は、たとえ誤った情報であっても、受け手の頭の中では正しい情報、既成事実として刷り込まれていってしまう。

お上には逆らわない島国根性の日本人には効果的な思考統制の方法だ。

「所長」

旭原燃サービスの再処理現場責任者の保科が、核燃料再処理施設長の香坂の元へ血相を変えてやってきて告げた。

「なんだ」

「X原発3号機が、中性子束急激減少トリップ警報により、緊急自動停止した、とのことです。その後原子炉内の急激な温度上昇があり、冷却水の配管から高温の蒸気が噴出している、との連絡がありました」

「なんだと？　中性子束急減の原因はなんだ？」

「おそらく、原子炉運転中には全て抜かれているはずの制御棒の一部が外れて落下したのではないか、と。あるいは、その後炉内の温度が急激に上昇していることを考えると、核燃料集合体の一部が炉内のあるべき場所から落下、冷却材である水も漏出し、核燃料集合体が冷却水を失った結果、温度が上昇したのかもしれません。このままでは炉心のメルトダウンも起こしかねない緊急事態だと思われます」

「ばかな……。原子炉の底が抜けた、ということか？」

「過去にも数カ所の原発において制御棒の落下事案があり、2、3の原子炉では中性子束急減が起き、原子炉が自動停止に至った事故があります。幸い、それらの時は過酷事故には至っておりませんでしたが」

エピローグ

洋三は近藤と連名で、自分たちの調査で判明した結果をなんら修正することなく、被災地の現況に忖度することもなく発表した。発表媒体は、F原発事故以前から原子力利用に反対する立場で、放射能汚染の実態や影響について、情報発信と警告を続けている民間非営利団体「原子力資料情報局」が発行している機関誌だった。

真正の調査結果の発表が風評被害を生み、被災地の復興に悪影響がある、と懸念する向きもあるが、そもそもF原発事故による放射能による被害は、風評被害などというまやかしのことばで片付けられるものではない。実害なのだということを直視することから本当の復興が始まる。

汚染の残存する場所に住民を帰還させるなどというバカげた政策を許すべきではない。このことを住民も他地域の国民もしっかり認識しなくてはならない。

しかし、この発表はごく一部のジャーナリズムが反応しただけだった。いままで晩発性の放射線障害や環境汚染について見向きもしなかった、あるいは故意に無視していたジャーナリズムにそれ以上の反応を期待するほうが無理だったのだ。

それでも日本各地で細々と活動をしていた反原発組織や反核の市民グループにとっては、活動の科学的根拠を得た思いを強くし、さらに草の根の反原発、反核運動を根気強く続けていく勇気と原動力を与える結果とはなった。

　洋三の身辺に起こった変化といえば、大学の医局長から辺境の地の診療に従事しないか、という打診があったことだ。これはもう最後通牒のようなもので、洋三に拒否する権利はない。他の道があるとすれば、医局を辞めることだ。

　人の命をあずかる医学の世界であっても、正しい見解が時の趨勢によって歪められるような世界にもう未練はなかったが、医学を志した当初の目的、人の命を守ること、病気の苦痛を除くことに鑑みれば、辺境の地で直接住民の健康維持、生命の遵守に携わることは、医者冥利に尽きるではないか。

　そう考えて、洋三は医局長の申し出を一旦は受けることにしたのだが、かつて訪れたA県S半島突端の風景とその地の人々の人情が忘れられず、彼の地と似た風情の日本海に臨む漁村の診療所に職を得た。

　まるでドラマのような展開だな、と思う一方、これは決して厭世の念から選んだ生き方ではなく、人間を心から愛するがゆえに、一般の住民の生活に寄り添う、医者としての信念に根差した仕事がしたかったということに尽きる。

　大学病院から来ている立派な先生ではなく（それは、所詮腰掛に過ぎない、と言っているようなものだ）、腹が痛い時、熱がある時、すぐ手の届く町医者として力を尽くすのだ。己の所では手に負えないもの、高度な治療を要するものをちゃんと見極め、しかるべきところに送り届けることも町医者の大事な仕事だ。

幸いなことに、同意を得るべき家族も、「話が違うわ」と実家に帰ってしまいそうな妻も洋三にはなかった。

＊

日本海に面した漁村の診療所に職を得てから1年半が過ぎた。この地での初めての冬はやはり厳しかったが、春から秋にかけての夏場はその厳しさを補ってあまりある豊かな恵みに満ちた素晴らしい所だった。美しいという形容詞では十分ではない景観の素晴らしさもさることながら、その季節々々の海産物、農産物、山の幸、川の幸などの豊富さとその絶品と言えるおいしさに、胃袋をがっちり摑まれた洋三には、これっぽっちも不満はなかった。

ただ一つ不満があるとすれば、そこでは、海岸線のずっと遠くの岬の突端に、X原子力発電所がのぞまれるということだ。その原発は築50年を超えた原子炉を4基備えている。


遅い北国の初夏の風が海の香を運んでくる頃、1通の手紙が届いた。初めて近藤と原子力関連施設周辺の放射線障害について語りあってから3年半が経っていた。

近藤の御母堂からだった。

「前略　佐伯様。

光陰矢の如し、と言われるように歳月はあっという間に過ぎますが、浩一が亡くなってもうすぐ3年、去る者日々に疎しという心境にはまだ至っておりません。先生はいかがお過ごしでしょうか？　先日は美味しい帆立や雲丹をたくさんお送りいただき、ありがとうございました。浩一の写真と並んで一緒にいただきました。ほんの少しお酒もいただきました。浩一と先生は、原発や関連施設の事故と住民の健康被害との関連について一緒に調べを進めていらしたのですね。今頃になって気づきました。遅れ馳せながら、近所の方や知り合いと話す機会がある時には、わかる範囲でそのことについてお話しするようにしていますよ。

でも、なかなか理解を示していただけませんね。国が安全を認め、必要だというものに間違いがあろうはずがない、まして電気が足りないと言われているのだから仕方がない、というのが多くの方々の感じていることのようです。

電気なんか全然足りなくはないし、もし、ほんとに足りないのだったら、電気を無駄に使わないように努力すればいいだけのことですのにね。オール電化とか、電気自動車とかの普及を促進する政策と電力不足の喧伝は全く矛盾していますね。そうでしょう？

まだまだ寂しさは消えませんが、やっと穏やかな気持ちで過ごせるようになりました。先生もご自愛くださって、ほどほどにご活躍下さいね。かしこ」

近藤が亡くなったのはつい昨日のことのようだったが、もう3年も経つのだ、とあらためて思った。年老いて息子に先立たれた母親の悲哀はいかばかりだろう。想像だに難しいが、手紙を読んだ限りでは、何とか無事に過ごせているようで少し安心した。

最近のニュースでは、アジア電力の元ＣＥＯ平田は長年の美食が祟ってか、脳卒中に倒れていた。

洋三は久々に近藤とゆっくり語り合いたいような気持ちになり、診療が終わった夕刻、浜に出た。そして、３年ほど前、初めてＡ県を訪れた時のことを思い出していた。

太平洋側のＳ半島を回った翌日、日本海側のＴ半島へも足を延ばし、Ｔ半島の突端のＴ岬にも行ってみた。

そこでは、Ｔ海峡を挟んで北にＨ道がすぐ目の前に眺まれ、Ｔ海峡に沿って北東方向に目を転じると、遥か向こうにＳ半島の鉞《まさかり》の刃の部分が望まれる。同じＡ県内なのにＨ道よりも遠い。倍位の距離があるようにみえる。だから彼《か》の地の原発の建設には、むしろＨ道やＨ市の反対のほうが大きいくらいだった。それも無理はない。同じＴ海峡や日本周辺の海で漁業を営み生活の糧を得ているのだし、万が一、Ｏ町の原発で事故が起こった場合、距離からして風向きによってはここＡ県よりＨ道のほうが大きな被害を受けるかもしれない。原発立地県ではないことで、まったくの保証や助成がないにもかかわらず、だ。

海から吹いてくる風が心地よかった。

日本海に沈みつつある大きな夕日を眺め、磯の香を微かに孕んだ強い海風と波の音に身を委ねていた時、海岸線を辿った入り江の向こうの岬の上空、やや赤みを帯びた空に、唐突に、太い一本の脚の生えた巨大な中華饅頭、といった感じの雲の塊が見えた。それから少し遅れて地を揺るがすような衝撃音が伝わって来た。

（とうとうきたか）

洋三は恐怖よりも諦めの気持ちが強いのに我ながら驚いていた。

確かめるまでもなく、目の前のいわゆるキノコ雲は核分裂反応によるものだということは確かだったし、その雲の発生した場所にはX原発がある。そのキノコ雲発生の原因はX原発での事故に間違いなかった。

MOX燃料を使用しているそこでの事故は、恐らく北半球全ての生命体に影響を及ぼすほどの惨事になることは間違いなく、人類にはどうすることもできない過酷な状況をもたらすであろうことは明らかだ。

「猿の惑星」の最後の場面が頭に浮かぶ。あれは過去に人類が起こした核戦争のなれの果ての地球の姿であったのか、原発などの核施設の爆発が原因で廃墟となった都市の象徴だったのか、とにかく地球規模の災厄が起こったことを暗示していた。

もはや嶋田を死に至らしめた者たちは誰であったか、とか、藤原の死は事故だったのか他殺だったのか、とか、桧垣はどこに消えたのか、だとか、そんなことはもう問題じゃない。たとえ桧垣が自ら口封じの対象になってしまっていようが、そんなことは些末なことだと思えるほど、大きな破滅の渦に皆が巻き込まれてしまっているのだから。

夕方のテレビには臨時ニュースのテロップが流れ、世界に誇ると関係者が豪語するフルMOX燃料使用のX原発でトラブルがあり、中規模の爆発が起こったと告げていた。フルMOX燃料使用の原発事故の被害はF原発の比ではない。何しろ燃料の主原料はウランなのだ。半減期2万4千年。悪魔の物質と言われる核物質なのだ。

まもなく放送された臨時ニュースでは、聞き覚えのあるフレーズが喧《かまびす》しく続く。

「事故の詳細は不明であるが、周辺の放射能汚染は、ただちに健康被害を引き起こすレベルのものではない」と。

ただちには……、ただちには……。

了

参考文献

1.『ぼくが、原発に反対する理由 〝海〟を見た原発技師』西岡隆彦著 徳間書店 1989年
2.『危険な話 チェルノブイリと日本の運命』広瀬隆著 新潮文庫 1989年
3.『プルトニウム 超ウラン元素の正体』友清裕昭著 講談社1995年
4.『内部被爆の脅威 原爆から劣化ウラン弾まで』肥田舜太郎 鎌仲ひとみ著 筑摩新書 2005年
5.『「最悪」の核施設 六ケ所再処理工場』小出裕章 渡辺満久 明石昇二郎著 集英社 2012年
6.『原発のウソ』小出裕章著 扶桑社新書 2011年
7.『封印された「放射能」の恐怖 フクシマ事故で何人がガンになるのか』クリス・バズビー著 講談社 2012年
8.『元原発技術者が伝えたいほんとうの怖さ』小倉志郎著 彩流社 2014年
9.『第二のフクシマ、日本滅亡』広瀬隆著 朝日新書 2012年
10.『闇に消される原発被爆者』樋口健二著 八月書館 2011年
11.『原発ジプシー 被爆下請け労働者の記録』堀江邦夫著 現代書館 2011年
12.『ヤクザと原発 福島第一潜入記』鈴木智彦著 文藝春秋 2011年
13.『知られざる原爆被爆労働 ある青年の死を追って』藤田祐幸著 岩波ブックレット 1996年
14.『放射性セシウムが人体に与える医学的生物学的影響 チェルノブイリ原発事故被爆の病理データ』ユーリ・I・バンダジェフスキー著 久保田護訳 合同出版株式会社 2011年
15.『のこされた動物たち 福島第一原発20キロ圏内の記録』太田康介著 飛鳥新社 2011年
16.『自由報道協会が追った3・11』自由報道協会編 扶桑社 2011年
17.『きちんと知りたい 原発のしくみと放射能』ニュートンムック別冊 ニュートンプレス 2011年
18.『日本を脅かす！原発の深い闇 東電・政治家・官僚・学者・マスコミ・文化人の大罪』別冊宝島

　　２０１１年
19. 『世界一わかりやすい放射能の本当の話　正しく理解して放射能から身を守る』青山智樹他著　宝島社　２０１１年
20. 『福島原発の闇　原発下請け労働者の現実　すべては2年前に起きていた!!』堀江邦夫　文　水木しげる　絵　朝日新聞出版　２０１１年
21. 『福島原発事故独立検証委員会　調査・検証報告書』福島原発事故独立検証委員会　日本再建イニシアティブ　ディスカヴァー・トゥエンティワン　２０１２年

論文

1. The biological impacts of the Fukushima nuclear accident on the pale grass blue butterfly, Atsuki Hiyama,Chiyo Nohara,Seira Kinjo,Wataru Taira,Shinichi Gima,Akira Tanahara& Joji M.Otaki　SCIENTIFIC REPORTS |2:570| DOI: 10.1038/srep005701. 2012.8.9
2. The second decade of the blue butterfly in Fukushima : Untangling the ecological field effects　After the Fukushima nucleal accident, Joji M. Otaki, Ko Sakauchi ,Wataru Taira　Integrated Environmental Assessment and Management/Volume 18,Issue 6/p.1539-1550,　2022.4.26
3.. Hershey researcher believes new study makes first connection between TMI and cancer　Pennsylvania Real-Time News, Updated:May.31,2017,5:43p.m.|Published:May.31,2017,4:43 p.m.
4. 「原子力発電所の制御棒脱落事故隠蔽問題に関する意見書」2007.8.23 日本弁護士連合会　070823-6.pdf

［著者紹介］

福原加壽子（ふくはら・かずこ）

1957年3月6日生まれ。青森県立弘前高等学校卒、獨協医科大学医学部医学科卒、弘前大学大学院医学研究科修了。医学博士（内科専門医、消化器内視鏡専門医）。五所川原市在住の内科勤務医（つがる市民診療所）。
医師としての活動と並行して、創作活動を続けている。福原加壽子名で第26回「ゆきのまち幻想文学賞」佳作、もののおまち名で第29回「ゆきのまち幻想文学賞」入選。著書に『骨の記憶　七三一殺人事件』、もののおまち名で『真っ白な闇　Death by hamging』、『Dr. おまちの「お医者さま」ウオッチング』（言視舎）がある。

装丁………佐々木正見
DTP制作………勝澤節子
編集協力………田中はるか

通り魔　原発の迷宮

発行日❖2023年3月31日　初版第1刷

著者
福原加壽子

発行者
杉山尚次

発行所
株式会社言視舎
東京都千代田区富士見2-2-2 〒102-0071
電話03-3234-5997　FAX 03-3234-5957
https://www.s-pn.jp/

印刷・製本
モリモト印刷㈱

ISBN978-4-86565-246-8 C0036